Allitera Verlag

Mit finanzieller Unterstützung der
Sparkassen-Kulturstiftung Hessen-Thüringen
in Frankfurt am Main

NAGEL PROBE 41

Preisgekrönte Texte des Wettbewerbs
Junges Literaturforum Hessen-Thüringen
Herausgegeben vom Hessischen Ministerium
für Wissenschaft und Forschung, Kunst und Kultur

Allitera Verlag

Mai 2024
Allitera Verlag
Ein Verlag der Buch&media GmbH, München

Gesetzt aus der Helvetica Neue LT und der Sabon LT
Umschlaggestaltung: Feigenbaumpunkt, Arne Ciliox & Jochen Schiffner

Printed in Germany · ISBN 978-3-96233-458-1

Allitera Verlag
Merianstraße 24 · 80637 München
Fon 089 13 92 90 46 · Mail info@allitera.de
Internet www.allitera.de

Nagelprobe 41

Inhalt

1. Preis

2. Preis

3. Preis

Preisrede

Gegen die Ohnmacht

Jugendliche und junge Erwachsene seien gemäß der aktuellen Trendstudie »Jugend in Deutschland 2024« so pessimistisch wie seit vielen Jahren nicht mehr. Depression, Zukunftsangst und Gefühle von Ohnmacht sind Schlagworte aus der Bilanz, die die Studie aus den Befragungen von 14- bis 29-Jährigen zieht. Man habe das Gefühl, keinen Einfluss auf politische Entscheidungen nehmen zu können, fände schlichtweg kein Gehör. Es seien vor allem Themen wie Inflation, Krieg, Wohnungsnot, die Spaltung der Gesellschaft und der Klimawandel, die die sogenannte Gen Z – zu der auch die Wettbewerbsteilnehmerinnen und -teilnehmer des Jungen Literaturforums zählen – voller Sorge auf die Zukunft blicken lassen.

Tatsächlich fiel uns als Jury auf, dass viele der Texte, die uns erreicht haben, gegen eine spürbare Schwere anschreiben, sie zu fassen und zu verarbeiten versuchen. Eine Schwere, die uns oft innehalten und sorgenvoll in die Runde fragen ließ: *Sind diese jungen Menschen okay?* Wie tröstlich aber, wie gut, dachten wir, dass sie sich in ihrem potenziellen Nicht-okay-Sein dem kreativen Schreiben zugewandt haben. Wie gut, dachten wir, dass Literatur in schwierigen Lebenslagen, in Zeiten voller Unsicherheiten, Instabilität und Ängsten Zuflucht und Überlebensstrategie sein kann. Dass sie wahrgenommen und genutzt wird als Tool, mit dem man sich ausdrücken und Gehör verschaffen kann. Wie gut, dachten wir als Jury, dass hier zur Sprache gebracht wird, was bedrückt – nicht nur im Sinne des Ansprechens, des auf den Tisch Packens, nein, auch ganz im Sinne des Suchens und Findens von Worten, von ganz eigenen, prägnanten sprachlichen Bildern. Schreiben ist zuallererst Hinschauen. Und schon damit verbindet es Autorinnen und Autoren auf eine Art mit der Welt, die sie zugewandt sein und teilhaben lässt. Wer in Schreibabsicht seine Umwelt betrachtet, wird unweigerlich zur Agentin, zum Agenten – gegen die Ohnmacht.

Wir als Jury durften Texte lesen, die Tod, Queerness, Krieg, Sorgearbeit, das Verhältnis zu unseren Körpern, immer wieder die Höhen und Tiefen zwischenmenschlicher Beziehungen, familiäre Probleme, Erfahrungen von partnerschaftlicher Gewalt, Missbrauch, Sehnsucht und toxische Liebe ergründen. Wir haben 30 dieser Texte als preiswürdig ausgewählt, da sie uns überrascht haben: Unter anderem weil es ihnen gelungen ist, einen neuen Blick auf Gewohntes zu eröffnen, weil sie uns mitgenommen und neugierig gemacht haben auf eine eigene Welt, weil sie so bildmächtig waren, dass sich vor uns augenblicklich ein Kinovorhang öffnete, weil sie uns mit ihrem treffenden Witz gefesselt oder weil sie uns tief berührt haben mit ihrem Feingefühl für Figuren, Orte, Momente und die Sprache selbst.

Ich durfte in diesem Jahr das erste Mal den Jurydienst fürs Junge Literaturforum antreten und ich habe mich der Aufgabe mit großer Freude gewidmet. Denn obwohl es nicht meine erste Juryarbeit ist, ist es für mich eine ganz besondere. Ich durfte mich selbst zweimal in der glücklichen Lage sehen, Preisträgerin beim Jungen Literaturforum zu sein, und habe mich natürlich unwillkürlich an diese aufregende Zeit zurückerinnert – die Nachricht zu erhalten, fürs eigene Schreiben ausgezeichnet zu werden, die Preisverleihung selbst, die Veröffentlichung in der »Nagelprobe«, die Workshops und Feedbackrunden, die wunderbaren Bekanntschaften und Freundschaften, die Kreise und Türen, die sich auf einmal für mich geöffnet haben! Und ich musste einmal mehr feststellen, was für eine unglaublich wertvolle Erfahrung das alles damals für mich war. Mir wurden Grundsteine gelegt, auf denen auch meine heutige Arbeit noch fest und sicher stehen kann.

Dies macht meine Juryarbeit fürs Forum gleichermaßen zu einer der schönsten und schwierigsten Aufgaben. Ich bin mir der großen Verantwortung, die damit einhergeht, zweifelsfrei bewusst: Wir dürfen euch, liebe Preisträgerinnen und -preisträger, helfen, Grundsteine für einen Weg in ein literarisches Leben zu legen. Wir dürfen euch darin bestärken, diesen Weg als eine valide Option in einer Welt anzusehen, in der der Kultur nicht immer die gebührende Wertschätzung zuteilwird, in der sie nichtsdestotrotz aber einen essentiellen Platz einnimmt. Wir dürfen euch in der Entscheidung unterstützen, diesen Weg gehen zu wollen. Und wir dürfen euch eine Tür öffnen in eine Gemeinschaft von Gleichgesinnten – nutzt die Gelegenheit, Kontakte zu knüpfen und eure eigenen literarischen Netzwerke zu schaffen. Gerade in Zeiten, in denen man nicht vollkommen optimistisch nach vorne blicken kann, ist das wichtiger denn je.

Ein Wort des Dankes möchte ich an dieser Stelle an meine Jurykolleginnen und -kollegen Grit Krüger, Franziska Wilhelm, Martin Knuth, Lennardt Loß und Martin Piekar richten: Für unsere Gespräche und kritischen Diskussionen darüber, was Literatur ist, was sie darf und kann. Für den großen Respekt, den ihr den Texten dieser jungen Autorinnen und Autoren entgegenbringt, und dafür, dass ihr so aufmerksam lest und leidenschaftlich eintretet für „eure" Texte. Es ist wirklich ein Vergnügen, sich gemeinsam mit euch in Gedichte und Geschichten zu verlieben!

Einen Shoutout hier kurz auch an die vielen Autorinnen und Autoren, deren Texte wir heute nicht prämieren können: Wir sehen euren Mut und eure Mühe, und wir möchten auch euch bestärken, dem Schreiben gewogen zu bleiben!

Zu guter Letzt und am allerwichtigsten natürlich möchte ich mich bei all euch Autorinnen und Autoren bedanken, die in diesem Jahr vom Jungen Literaturforum Hessen-Thüringen ausgezeichnet werden. Ich danke euch für eure wunderbaren Texte, für die Arbeit und die Sorgfalt, die ihr in sie habt fließen lassen, fürs Hinschauen und zur Sprache Bringen, für euren Mut, eure Texte der Welt zu zeigen. Ich freue mich *für* und *mit* euch, dass ihr dafür heute honoriert werdet, und gratuliere euch im Namen der Jury von ganzem Herzen! Alles Liebe!

Jena im April 2024 — Romina Nikolić

1. Preis

Alice Auciello

Eva

Wir sind aus dem Wasser entstanden, sagen sie. Das Meer hat es wahrscheinlich schon immer gegeben, sagen sie. Ich sage dazu nichts. Die Dinge sprechen für sich. Alles hat sich von Blau zu Rot gewandelt, von Wasser zu Wüste. Durst gibt es überall. Ich kenne ihn, er schmeckt nach Salz auf der Zunge, das sich nicht wegspülen lässt.

Ich weiß, was sie hören wollen. Ich lasse die Menschen an meinem Ufer ertrinken, ich sehe dabei zu, wie sich ihr Blut mit dem Wasser vermischt. Sie sagen, ich lasse andere ihre Hände reinwaschen darin. Sie klopft an meiner Tür, sagt, los, wir gehen schwimmen. Ich bedecke ihren ganzen Körper mit kühlem Wasser und verschweige die Leichen.

Ich weiß, was sie nicht hören wollen. Ich kann andere Menschen in Stille ertränken, ich liebe das Geräusch, wenn sie nach Luft ringen. In der Dunkelheit kann ich einen Leuchtturm bauen, dessen suchender Lichtkegel ein Versprechen auf Rettung gibt, das er nie hält. Ich kann anderen Menschen vorspielen, ich sei ein guter Mensch, aber meistens nur für eine Weile. Ich kann Nähe praktizieren wie eine Religion, ich kann beten und betteln und flehen. Am Ende bleibe ich in meinem Körper allein, egal wie oft ich meine Lippen auf den Rosenkranz presse. Ich spüre ihre Schenkel an meinen Hüften. Wenn die Strömung sie zu weit hinauszieht, trage ich sie zurück ans Ufer und lecke ihr das Salz von der Haut. Durst, danach schmeckt sie.

Wir leben schon immer im selben Haus, es hat lange Korridore und die Türen der einzelnen Zimmer quietschen zu laut. Wenn wir uns nachts in das Bett der anderen schleichen wollen, verraten sie uns. Im Sommer treffen wir uns im Garten, sobald es dunkel ist. Wir spielen Weitspucken mit Kirschkernen, nur von den Apfelbäumen halten wir uns fern. Um unsere Füße kriecht eine Schlange und wir wissen, ihr Gift ist tödlich. Wir pflücken trotzdem verbotene Früchte und hoffen, dass die Strafe erträglicher wird, wenn

wir sie teilen. Kirschsaft läuft ihr aus dem Mundwinkel. Ich spüre den Winter kommen, sagt sie, hinter den Rippen spüre ich ihn, und ich sage nichts. Ich schlucke den Kirschkern in meinem Mund. Er klackert gegen die anderen wie Murmeln in einer Holzkiste. Im Garten ist es still, doch wir sind nicht allein. So überleben wir, sagt sie. Verrat bringt dreißig Silberstücke und wir alle sind hungrig. Trotzdem rührt niemand die Äpfel an, nicht einmal das Fallobst. So überleben wir. Wir kennen unsere Nacktheit schon, wir haben sie unter den Handflächen der anderen gespürt und unter den Blicken von Menschen, denen wir bei Tageslicht begegnen. Die Blicke der anderen durchdringen uns. Trotzdem muss ich so tun, als wüsste ich nichts davon, nichts von dem, was unter meiner Kleidung verborgen ist. Ich täusche vor, dass ich nichts von dem freien Willen weiß, der mir geschenkt wurde, vom ersten Tag an, und meiner eigenen Nacktheit, mit der ich bestraft wurde, vom ersten Tag an. Ich muss so tun, als würde ich nicht bemerken, dass ich zu jeder Zeit belauert werde. Sie folgen mir auf dem Heimweg, rufen mir Dinge zu oder flüstern sie in mein Ohr, wenn sie von hinten ganz nah an mich herantreten. Wie Abrahams Sohn bin ich ein Lamm, das zur Schlachtbank geführt wird, jeder Weg endet vor dem Altar, wo das geschärfte Messer schon bereit liegt. Ich bin das Fleisch, das auf dem Wochenmarkt stückweise verkauft wird, das lautstark beworben und um dessen Preis gefeilscht wird, weil er immer zu hoch ist. Ich bin so schwer wie eine Rippe. Erst wenn sie sich auf mich legt, sinke ich in die feuchte Erde ein. Sie presst ihre Hand auf meinen Mund und ich schmecke Kirschsaft. Am Tag träume ich davon. Ich beobachte, wie sie auf dem Balkon Wäsche aufhängt und puste ihre Hemden trocken, wenn sie nicht hinsieht.
Zum Abendessen sitzen wir an einer langen Tafel zu fünftausend. Es gibt nur Brot und Fisch. Unter dem Tisch berühren sich unsere Hände, doch sie dreht sich weg und sagt, wir alle sind hungrig. Der Wasserspiegel steigt und sie denkt sich nichts dabei. In den Nachrichten laufen Berichte über Tsunamis in Japan. Ich sage, Hochwasser. Sie schaltet den Fernseher aus. Sie sagt, ich brauche die Ebbe mehr als die

Flut. Ich sage, mein Körper ist aus Wasser gemacht, deiner auch. Sie sagt, du weißt, woraus ich gemacht bin. Die Tür quietscht, als sie geht.
Nach Sonnenuntergang muss ich länger warten als sonst. Im Garten sind alle besonders leise geworden. Es heißt, wer ohne Sünde ist, werfe den ersten Stein, doch eigentlich meinen sie, wer beim ersten Wurf tötet, bricht das Gesetz. Wir haben zugesehen am Nachmittag, es dauerte Stunden. Das Wasser steigt weiter. Ich sage, Überschwemmung. Sie lässt den Fernseher weiterlaufen. Ein Boot wird gebaut, sie zeigen es in den Nachrichten. Ein Reporter hält einem Mann ein Mikrofon vor das Gesicht. Er sagt, sein Name sei Noah. Noah sagt, in Zweierpaaren dürften wir an Bord, ein männliches und ein weibliches Exemplar jeder Art, mehr braucht es nicht. Ich schalte den Fernseher aus. Der Wasserspiegel steigt. Ich sage nichts mehr. Wir stellen uns nicht an, wir wissen, wo die Steine uns treffen würden.
Mit dem Rücken lehnen wir uns an den Stamm des Apfelbaumes. Das Licht der Abendsonne malt goldene Kreise vor unsere nackten Füße. Nur unsere Handrücken lassen wir einander berühren, schweigend essen wir Datteln in Honig. Wenn ich könnte, würde ich hier leben, sagt sie. Einen Moment lang lässt sie zu, dass ich meine Stirn an ihre lege, klebrige Fingerabdrücke an ihrem Hals hinterlasse. Du kannst nicht noch näherkommen, sagt sie, du kannst nicht in mich hineinkriechen. Ich will sie fragen, warum sie ihre Finger immer direkt in die Wunde legt. Sie spuckt einen Dattelkern und sagt, gewonnen. Ich will sie fragen, warum nicht, wieso lässt du nicht zu, dass ich mich in dir auflöse? Wir könnten alle Menschen tragen, niemand müsste mehr ertrinken, wenn ich mich nur auflösen darf in dir. Sie sagt, Sintflut. Ich wache von ihren leisen Schritten auf, als sie geht.
Ich folge ihr nicht, ich gehe zurück in mein Zimmer. Dort ist es stickig, ich öffne die Fenster. Erst im Morgengrauen schalte ich den Fernseher an. Sie ist leicht zu erkennen. Ich kann ihr dabei zusehen, wie sie sich in die Schlange einreiht. Sie schaut nicht zurück. Ich würde ihr gern sagen, dass ich verstehe.
Das Haus, in dem wir wohnen, hält dem Wasser nicht

stand. Die Flut macht auch vor dem Garten nicht halt, sie nimmt das Fallobst mit sich. Ich weiß, was sie sagen. Dass vor langer Zeit einmal das Meer geteilt wurde, um Menschen zu retten. Wir hätten mitten im Meer stehen können, genau da, wo ein schmaler Weg auf die andere Seite führt. Ich sehe uns, einander an den Händen haltend. Ich sehe uns, zwischen den aufgetürmten Wassermassen. Vielleicht haben wir Angst, dabei sind wir doch aus dem Meer entstanden. Sie weiß, woraus ich gemacht bin. Erst rauscht es in meinen Ohren, dann überall. Vielleicht hätten wir die Türscharniere ölen sollen. Dreißig Silberstücke klimpern, als sie den Besitzer wechseln. In meinen Träumen hat sie mich schon tausendmal getötet. Daher das ganze Salz. So viel davon, dass alle Ertrinkenden an der Oberfläche gehalten werden. Ich sehe ihr wieder dabei zu, wie sie geht, ohne das Gartentor zu schließen. Es dauert lange, bis sie fort ist. Wie der Wechsel von Flut zu Ebbe. Erst ist alles verdeckt. Dann alles entblößt.

Alice Auciello wurde 1999 in Konstanz am Bodensee geboren und studierte Medien- und Kommunikationswissenschaft in Ilmenau und Bukarest. Sie war bereits 2022 und 2023 Hauptpreisträgerin des Jungen Literaturforums Hessen-Thüringen sowie in denselben Jahren Förderpreisträgerin des Eobanus-Hessus-Schreibwettbewerbs. Alice schreibt hauptsachlich Prosa, aber auch journalistische Texte für das Erfurter Kulturmagazin »UNGLEICH«.

Ida Brockhaus

Hellpoint

Neo mag Autos nicht.
Mag es nicht, wie sich ihr Rattern bis in sein Gehirn gräbt, wie jede kleine Unebenheit der Straße durch sein Rückenmark bis in seine Fingerspitzen fährt.
Es ist ... zu laut. Zu gleichförmig.
Manchmal fragt er sich, wie alle anderen es aushalten können.
Gleichzeitig ... Sie sind nicht wie er. Vielleicht bekommen sie es nicht einmal mit.
Egal. Fakt ist, Neo mag Autos nicht. Und so ist es eine Erleichterung, als sie endlich anhalten, und einer der Wärter die Rückseite des Fahrzeugs öffnet, um Neo loszubinden.
»Eine Gruppe von feindlichen Soldaten versteckt sich in diesem Wald.« Der Mann sieht auf Neo herab, Verachtung eindeutig in seinem Blick. Ekel, vielleicht. Neo verengt seine Augen und starrt zurück.
»Eliminiere sie. Keine Zeugen. Verstanden?«
Natürlich, würde Neo am liebsten sagen. *Ich bin nicht dumm.*
Er tut es nicht. Weiß, was für Konsequenzen eine Antwort dieser Art haben würde.
Also beißt er seine Zähne zusammen. Nickt. Und sieht zu, wie der Wärter zur Seite tritt und ihm mit gerümpfter Nase den Weg frei macht.
Als Neo zum ersten Mal aus Hellpoint herausgelassen wurde, als sie ihn zum ersten Mal auf eine Mission geschickt hatten, war er von dem Anblick, der ihn nun erwartete, beinahe gelähmt worden. Davon, wie hell alles war. Wie *bunt*.
Bäume und Gras und Blumen und Insekten, die durch die Luft surrten. Die Sonne, die über ihm strahlte. Genauso hell wie die Lichter in Hellpoint, und doch nicht ansatzweise das Gleiche.
Und wie laut es war. Bäume, die knarzten, während sie sich im Wind bewegten, raschelnde Blätter und Sträucher. Zu

viele Geräusche, um sie alle einer Quelle zuordnen zu können. Eine Vielfalt, der Neo stundenlang hätte zuhören können.
Und der *Wind*.
Er tat beinahe weh, wo er über Neos empfindliche Haut fuhr, und trotzdem ... fühlte es sich richtig an. Wie sauber es roch. Wie *anders* es war.
Jetzt zögert er nicht, während er an dem Wärter vorbei tritt und seine Füße von kaltem Metall auf weiche Erde wechseln. Überall um ihn herum stechen Bäume aus der Erde heraus, ragen hoch nach oben, und als Neo ihren Stämmen mit seinen Augen folgt, kann er gerade so durch ihre Äste und Blätter den grell blauen Himmel sehen.
Etwas in seiner Brust verengt sich. Seine Hände zittern.
Grauen breitet sich in seinem Magen aus, auch wenn er nicht sagen kann, *wieso*. Der Himmel ist ... so weit weg. So *groß*. Neo mag es nicht, ihn anzuschauen.
Er hasst den Himmel noch mehr als die Autos.
Er schüttelt seinen Kopf. Zwingt seine Augen wieder nach unten auf den Boden. Versucht, die riesige Welt um sich herum zu ignorieren, während er einen Fuß vor den anderen setzt und sich immer mehr dem Ziel nähert, das ihm heute gegeben wurde.
Aber anders als der Himmel ist dieser Wald ... schön.
Überall um ihn herum kann Neo Tiere hören. Wenn er schnell genug ist, kann er sogar hin und wieder einen buschigen Schwanz sehen, der hinter einem der vielen Büsche und Bäume verschwindet. Und die Bäume ...
Er mag sie.
Mag, dass sie ihn vor dem schlimmsten Wind beschützen, ihn zu einer angenehmen Brise machen anstelle von scharfen Nadeln. Mag, dass sie den Himmel verdecken. Dass er dadurch nicht mehr so bedrohlich aussieht, wie er es vorher getan hat.
Neo ist sich sicher, dass Vincent den Wald auch mögen würde.
Er war schon immer von fremden Dingen fasziniert. Davon, Neues zu lernen, wann auch immer er die Gelegenheit dazu hatte. Das hier zu sehen, würde ihn begeistern.

Neo schluckt, beißt seine Zähne zusammen. Schiebt den unbrauchbaren Wunsch, seinen Freund an seiner Seite zu haben, von sich weg.
Sie haben ihn noch nie mit jemand anderem auf eine Mission geschickt. Und selbst wenn, dann würde es nicht Vincent sein.
Sie würden Vincent und Neo nie wieder einfangen können. Neo war sich sicher, dass sie gemeinsam entkommen könnten. Sogar jetzt, alleine, könnte er vermutlich einen Weg finden, den Tracker unter seiner Haut loszuwerden, ihn unter seinem Fuß zu zermalmen, zwischen den Bäumen zu verschwinden und nie wieder aufzutauchen. Und dann ... dann würde Vincent alleine zurückbleiben. Dann würde Vincent leiden, weil Neo nicht mehr da wäre, und Neo konnte nicht –
Neo holt tief Luft und läuft weiter. Denkt darüber nach, dass er sich diesen Ort, so gut er kann, einprägen muss, damit er Vincent später davon erzählen kann.
Und dann werden seine Gedanken auf einmal unterbrochen.
Stimmen.
Schritte.
Die Geräusche von Menschen.
Sein Atem stockt, und er geht instinktiv in die Hocke, huscht mit beinahe lautlosen Schritten weiter, bis sich die Bäume vor ihm teilen, und er auf einmal das Lager sehen kann.
Zelte überall.
Menschen überall.
Menschen, die miteinander reden und lachen.
Menschen, die ... frei sind.
Menschen, die Neo töten wird.
Die vormals frische Luft schmeckt auf einmal nach Asche.
Und Neo ...
Neo möchte sich nicht bewegen. Möchte diese kleine Welt vor sich nicht zerstören. Möchte nicht – Er tritt zwischen den Bäumen hervor. Macht einen mechanischen Schritt nach dem anderen, bis der erste der Soldaten ihn bemerkt, und verwirrte Stimmen laut werden.

Neo weiß nicht, was sie sagen, versteht die Sprache, die sie sprechen, nicht.
Vermutlich wundern sie sich, was ein Kind hier macht, mitten in diesem Wald, direkt neben ihrem geheimen Lager.
Er weiß, dass sie nichts Ungewöhnliches an ihm bemerken werden, bis es zu spät für sie ist. Einer der Soldaten kniet auf einmal direkt vor ihm, Augenbrauen in Sorge zusammengezogen, während er etwas sagt, dem Neo nicht zuhört.
Stattdessen atmet er. Schluckt trocken. Fährt die in seinen Händen eingebauten Metallkrallen aus. Der Mann hat nicht einmal Zeit, um zu schreien, bevor er tot ist und sein Blut in Neos Gesicht spritzt.
Und dann, Schreie, überall um ihn herum. Schockiert. Ängstlich. Es interessiert Neo nicht. Er tut das, was er immer tut. Bewegt sich zwischen den Soldaten hindurch, die zu geschockt sind, um zu reagieren. Bewegt sich schneller, als die Soldaten begreifen können. Schneller, als sie ihn aufhalten können, auch nachdem sie bemerkt haben, dass sie angegriffen werden. Nachdem sie angefangen haben, sich zu wehren.
Nicht dass es ihnen etwas bringt.
Als Neo innehält, ist der Wald still.
Kein Vogelgezwitscher, keine summenden Insekten. Nur sein eigener schneller Herzschlag und das Blut, das von seinen Krallen tropft.
Neo atmet und erstickt fast an dem Geruch von Eisen und Kupfer, dem Gestank des Todes. So anders, als es vorher war. So viel passender für das, was er ist.
Die Wärter werden bald kommen. Müssen mittlerweile wissen, dass er fertig ist, und werden ihn wieder einsammeln.
Aber ... er hat noch ein paar Minuten.
Er hat noch ein bisschen Zeit für sich selbst.
Neo wandert langsam zum Rand des Schlachtfelds und lässt sich im Schneidersitz neben einem zerrissenen Zelt zu Boden fallen. Sieht zu, wie das Blut von seinen Krallen rinnt und auf die Erde fällt. Denkt daran, wie sehr er sich wünscht, diesen Wald Vincent zeigen zu können.
Als die Wärter kommen, ist Neos Arm mit roten Bildern bedeckt. Von hoch aufragenden Bäumen und kleinen Tieren,

einer gleißenden Sonne auf seiner Hand und einem kleinen Zelt in der Nähe von seinem Ellbogen.
Der Wärter, der seine große Hand um Neos Oberarm legt und Neo zurück in Richtung des Autos zerrt, schenkt dem Bild keinerlei Beachtung.
Ketten werden um seine Handgelenke gelegt, das furchtbare Auto fängt an zu wackeln und sie beginnen ihren Weg zurück. Zurück zu endlosen weißen Fluren und zu hellen Lichtern.
Weg von dem grellen Himmel und von Blut durchtränkter Erde.
Neo verbringt den Großteil des Weges damit, sich die richtigen Worte zu überlegen, um den Wald zu beschreiben. Die schönsten Worte, um es Vincent zu erklären.
Als das Auto anhält und er losgebunden wird, ist das Bild auf seinem Arm verschmiert.

Ida Brockhaus wurde 2004 in Weimar geboren. Nach dem Bundesfreiwilligendienst beim Lebenshilfe-Werk Weimar-Apolda e. V. macht sie jetzt eine Ausbildung zur Goldschmiedin an der Staatlichen Zeichenakademie Hanau.

Louis Hildebrandt

Landungsbrücken

Drei Nächte in Hamburg, fünf nicht zuhause, sieben jetzt ohne dich.
Die Sonne geht gleich unter und dem Kai juckt es zu glühen, will dämmern und leuchten und die platzende Menschenmasse in Feuer sehen.
Oder ich bin das.
Es gibt eine gewisse Militanz in Hamburg. Das liegt am Wasser. Das Wasser macht die Menschen militant und verschlossen. Das war zuhause anders.
Ein Freund sagte mir, er habe das Gefühl, in Wien könne man stilvoll fett werden, aber fett geworden bin ich nicht. Nicht mal stilvoll dürr geblieben. Ich bin nicht stilvoll, ebenso wenig wie die Landungsbrücken. Und die Fähren, so episch die auch in voller Fahrt zu driften beginnen, gegen die Elbe sich parken schwimmen, stilvoll sind sie nicht, und die Läden, der Tourismus, die Menschen; stilvoll ist hier nichts. Du hattest Stil.
Ich bin in Schwarz. Das ist mein Stil, wenn man gutmütig so will – ich will nicht – aber Du hast gewollt, für Dich war Schwarz mein Stil. Seit Dir ist Schwarz mein Stil. Vorher war ich einfach nur schwarz.
Ich laufe ziemlich schnell, weiche, geschickt, wenn ich sagen darf, und wendig den Menschen aus. Laufe den Kränen entgegen, der Hafenöffnung, dem Meer.
Es sind etliche Menschen. Etliche. Und ich schau sie mir an, einen nach dem andern, alle. Schau sie mir an im Vorbeilaufen, fast Vorüberrennen, schnell, einer nach dem andern bekommt einen Blick; Gesicht, Kleidung, die Schuhe, ein Tattoo, alles in einer Sekunde, und die Hände, Schuhe; Schuhe sind wichtig! Nicht, als hätte ich Ahnung – ich verabscheue Schuhe. Hosen und Pullis kann ich inzwischen, Shirts auch noch, aber Schuhe verabscheue ich.
In den letzten Jahren habe ich zwei Paar Schuhe getragen, bis sie Löcher an Nähten und Sohlen hatten und ich den Pfüt-

zen ausweichen musste, und diese zwei Paar haben Freunde für mich ausgesucht. Sambas, da bin ich angekommen – ja, inzwischen bin auch ich bei Sambas angekommen, aber die erlösen mich davon, von Schuhen, von der Scheue und sie sind schwarz. Aber Schuhe sind trotzdem wichtig, nicht, weil ich wüsste, wie Marken heißen oder Preise ablesen kann, sondern weil sie sauber sind oder staubig. Es geht ums Aussehen. Dafür braucht man keine Ahnung. Es geht ums Aussehen, denn ihnen geht es ums Aussehen.
Jeder bekommt einen Blick. Jeder Mensch, jede Hand, mit Ring, ohne Ring, die quillende Haut drumrum, der Mensch, den sie greift, dessen Brillen, ihr Hemd, die Art wie sie gehen, den Kopf bewegen, ob sie Nicken, mit wie vielen Fingern sie sich halten, wie lange sie meinem Blick standhalten, ob sie überhaupt zurücksehen. Jeder bekommt einen Blick. Und die Läden auch, Kellner und Hafenguides, Touristengruppen und Pärchen, die auf den Taupflöcken sitzen. Wie Hühner. Ein Pflock nach dem andern, fünf Meter Abstand, ein Paar nach dem andern. Romantik auf der Hühnerstange. Jeder bekommt seinen Blick. Etwa eine bis anderthalb Sekunden lang, klingt vielleicht hektisch, aber ist es nicht, nur schnell. Ist präzise. Reicht, um alles zu erkennen. Reicht, um zu sehen. Und ich sehe jeden. Sehe sie alle, während ich quer durch die Masse renne, an ihnen vorbei.
Die Landungsbrücken sind vorbei. Ich steige eine Brücke hinauf, eine Männergruppe lässt sich von zwei sehr geschminkten Teens fotografieren, grölt: »Wie macht man heutzutage für Insta?« *Heutzutage* und *Insta* im selben Satz. Auch wenn er es lallt, auch wenn sie saufen – sie sind alt. Ihre Angst langweilt mich. Da dürfen sie lallen und bedrohlich wirken, wie sie wollen.
An die Landungsbrücken grenzt ein großer Asphaltplatz, ein Parkplatz, ein Stellplatz; es wimmelt von Bullis und Campern, großen Bussen, mit Toilette, vielleicht sogar einer Dusche und manche haben sechs Räder. Hier geh ich langsamer. Und plötzlich spüre ich meinen Herzschlag im Hals. Plötzlich merk ich, dass ich gerannt bin.
Langsam sieht man Hamburger. Tattoos, Kopfbedeckungen ausnahmslos, oft olivgrün, gern mal Camouflage. Getarnt,

unsichtbar quasi. Manche haben sogar bunte Tattoos. Und sie laufen allein. Die laufen alle allein.
Ich glaube zwar nicht, dass ich das schon gesehen habe, als ich mit sechs Jahren sagte, ich würde nach Hamburg ziehen, es sei meine Lieblingsstadt. Wahrscheinlich kannte ich einfach keine anderen Großstädte und habe mich wohl gefühlt: Hamburg, Ziel ewiger Fahrradtouren mit meinem Vater, allein und umsorgt und im Sommer, viel Eis dann am Elbstrand, die Wohnung seiner besten Freundin, ihre liebevolle Distanz. Wahrscheinlich kannte ich keine anderen Großstädte auf die Art, hatte nirgendwo die Chance gespürt, neugierig in der Metropole zu sein, weil ich mich sicher gefühlt hab.
Hamburg: helle Streifen vom Helmriemen auf den gebräunten Wangen, Wassergeruch und ehrliches Wetter, Eis, vertrautes Gelächter, das das Größte sein kann für ein Kind, ohne überhaupt die Bedeutung vom Wort *Witz* zu erkennen, und der Elbstrand, immer der Elbstrand.
Wahrscheinlich habe ich mich dort wohl gefühlt. Wahrscheinlich hatte es nichts mit der Stadt zu tun. Wahrscheinlich habe ich die Stadt nie gesehen, nie wahrgenommen wie jetzt. Einsam, verkühlt, aber ehrlich, und doch denke ich daran, wenn ich sie sehe, die Alleinigen, was ich als Kind von Hamburg hielt. Und denke *vielleicht, vielleicht, habe ich das auch schon gesehen. Dass sie allein laufen. Vielleicht habe ich mich selbst schon damals gekannt.*
Ich setzte mich an einen meterhohen Kai. Braunes Brackwasser wälzt dagegen und so riecht es auch. Es gefällt mir. Es kommt ein Gefühl. Ich öffne die Limo, die ich rumgetragen, aufgewärmt habe in meinem Sprint. Mir fällt auf, dass meine Handflächen schwitzig sind.
Ein Containerschiff kriecht träge an meinen Augen vorüber. Es ist warm in der Stadt. Hinter seiner braungenutzten, tonnenschweren gelblichen Stahlwand erscheint ein riesiges Werbebanner von Airbus. Es zeigt einen modernen Flugriesen, einen *Airbus Beluga*, und so sieht das Flugzeug auch aus, ausgebeult mit wuchtiger, weißer Stirn. Das Schiff schwimmt weiter und legt trotzig die letzten Worte des Werbespruchs frei.

Kopp in Nacken, Wale kieken.
Ich muss schmunzeln. Und gleich danach verzieht mir das Gesicht. Mir fällt das Gefühl wieder ein. Und ich merke, dass ich geschwitzt habe. Ich ziehe meinen Pulli aus. Und während ich das Paper rund lecke, spüre ich, dass ich gehetzt bin.
Neben mir, in meilenweiten Metern Abstand, sitzt ein Mann. Er wird von hier sein. Weil hier mag man es nicht. Es ist dreckig. Es stinkt. Es sieht nicht schön aus und die Straße liegt Dir im Nacken, die ganze Stadt wuchert Dir im Rücken auf.
Er nippt am Bier. Starrt Richtung Airbus, aber ich glaube, den *Beluga* sieht er nicht. Er sieht nicht glücklich aus. Ihm ist zum Heulen.
Oder ich bin das.
Ich versuche ihn mir anzusehen, versuche seinen Stil zu beschreiben, aber Stil interessiert mich nicht. Du interessierst mich. Aber ich bin in Hamburg. Bin hier seit drei Nächten, seit fünf nicht in Wien, seit sieben ohne Dich und für zweieinhalb Jahre jetzt heimatlos.
Ich atme.
Zünde mir die Zigarette an und trinke einen Schluck. Mein Nachbar nippt vom Bier. Ich sehe an ihm vorbei, an die Ladekräne, riesige Stahlarme, aber festgeschraubt. Festgesetzt.
Ich blicke dem Containerschiff hinterher. Matrosen sind darauf. Laufen aus. Auf den Ozean bestimmt, mag sein sogar auf mehrere, um dann am anderen Ende der Welt wieder anzulegen. Am andern Ende – aber auf derselben Welt. Überall auf der Welt liegen unzählige Häfen. Und warten. Ohne Schiffe keine Häfen. Deshalb bin ich mir sicher, sie warten.
Ich atme.
Eine Träne tropft.
Diese Sage vom sicheren Hafen! aber wenn man dann am Hafen sitzt, sieht man nur Richtung Meer und die Sehnsucht reißt mir die Arme aus.
So fühlt es sich an.
Ich ziehe an der Zigarette, mein Nachbar steht wortlos

auf, geht. Der Containerriese ist kleiner, wird bald winzig sein und ich muss schmunzeln: Weil ich ein Schiff bin, deswegen. Weil ich nun schon im dritten Ozean torkle, muss es ja Häfen geben. Weil ich ein Schiff bin, orientierungslos und ohne Fracht, ja, aber weil ich ein Schiff bin, muss es auch einen Hafen geben, hier, am anderen Ende, vielleicht, meinetwegen, aber auf derselben Welt.
Ich zerdrücke die Zigarette und stelle die Flasche beiseite. Gehe los. Sprinte nicht mehr. Gehe über die Landungsbrücken zurück.
Atme.
Ich bin auf dem Weg, bin immer auf dem Weg.
Ich komme nach Haus.

Louis Hildebrandt, 2004 in Weimar geboren, studiert Vergleichende Literaturwissenschaft an der Universität Wien. Texte von ihm wurden im Rahmen der Textwerkstatt Wien sowie in »& Radieschen – Zeitschrift für Literatur« (#69 Hülle & Fülle) veröffentlicht.

Miriam de Hohenstein

Greta

Ich komme nachts an, nach langer Reise. Sie zeigt mir das Zimmer, es geht von der Küche ab. Am nächsten Tag scheint eine fremde Sonne in das Fenster hinein. In der Küche gibt es kein Fenster, es brennt kein Licht. Gekrümmten Rückens hockt sie am Tisch und schaut mich aus der Dunkelheit an.

I.

Die alte Frau, bei der ich wohne, hat Augen wie braune Steine, die in jahrelangen Wellenbewegungen über den Sand weichgespült wurden.

Schwere Gardinen halten die Räume dunkel. Ihre Wohnung ist voller Kristall. Ihre Möbel sind aus gedrechseltem Holz. Das Licht ist grellweiß und heizt die Luft nicht weiter auf.

Sie spricht eine fremde Sprache, die wie ein Wald voller Singvögel klingt.

Wenn ich den Kühlschrank öffne, schimmern Süßigkeiten im gelben Licht. Warum willst du das nicht essen, fragt sie zahnlos und verzieht das Gesicht.

Überall im Zimmer kleben mir Steinchen unter den Sohlen. Sie schmirgeln gegen meine Oberschenkel, wenn ich nachts nach Schlaf suche.

Ich sitze in Unterwäsche vor meinem offenen Fenster und schaue den Nachmittag an. Das Sitzkissen ist feucht von meinem Schweiß. Sie kommt herein ohne zu klopfen, schaut meine Beine hinauf und die Brüste hinab. Ein Wortschwall; ich stehe alleine im fremden Wald.

Wenn sie sitzt, reichen ihre Füße nicht bis zum Boden hinab. Die langen Fußnägel ragen über die krummen Zehen, die in spitzen Schuhen jahrelang zu runden Krallen verkümmerten. Wenn sie aufsteht, lehnt sie sich zurück und holt mit dem Rücken Schwung.

Wort für Wort übersetze ich, was sie gesagt hat. Ich sei zu dünn; und weiß wie Schnee.

Ich soll mich zu ihr setzen. Sie häuft Eiscreme in ein Kristallglas. Ich soll essen, bevor es schmilzt.

Nachts liege ich auf einer Geröllhalde und finde keinen Schlaf. Schwere Schritte schlurfen vor meiner Tür. Ich halte den Atem an, bis sie vorbeigegangen ist.

II.

Es wird zu heiß, wenn du die Fenster offen lässt. Sie schließt die Vorhänge und färbt den Atem des Ventilators rot. Seit Tagen sind die Wände feucht, obwohl es nicht geregnet hat.

Am liebsten isst sie den Kopf des Fisches. Sie hat ihn in der Mikrowelle erhitzt. Ihre falschen Zähne schaben das weiße Fleisch von den Gräten. Das Fischauge hebt sie sich bis zum Ende auf. Es liegt auf ihrem Teller und schaut sie blind an, bis es aufgespießt wird und in ihrem Rachen verschwindet.

Ich deute auf Gegenstände, sie übersetzt für mich die Worte, die mich durch das fremde Dickicht leiten.

Sie legt schokoladenummantelte Erdnüsse in meine Hände und bedeutet, ich solle sie auf der Zunge zergehen lassen, bevor sie zwischen meinen Finger klebrig schmelzen. Mein Danke klingt höher gestimmt.

Der Wald verdichtet sich. Immer neue Worte sprießen, wachsen, klettern aus ihrem Mund. Die Nachbarin, der

Präsident, der Pförtner, Gott. Ihre schweren Brüste scheinen unter dem dünngewaschenen Nachthemd durch. Sie hat keine Kinder. Ihr Mann ist tot.

Vor meiner Türe machen die Schritte halt. Das weiße Licht im Schlüsselloch erlischt. Der Ventilator bläst mir den Nacken hinab. Es gurgelt in den Wänden, als wenn jemand zu viel gegessen hat.

Jeden Monat verliere ich einige Tropfen Blut in das Bett. Kein Tampon, keine Binde, machen meinen Körper dicht. Ich stehe am Wasserhahn, weißes Laken zwischen weißen Fingern, und spüle, bis das Wasser wieder klar fließt, während zwei Kieselsteine in meinen Rücken pressen.

Sie pikst mit ihrem Finger in meinen Bauch, ich ziehe ihn ein, sie schüttelt den Kopf.

Ich knie vor dem Kühlschrank und stopfe mir Zucker in den Mund, ich kichere über mich selbst und es klingt wie der Wind.

Letzte Nacht hat sie die Tür geöffnet, als ich ausgebreiteten Körpers unter dem Ventilator um Schlaf rang. Sie musste glauben, ich schliefe. Ihr runder Körper war ein Schatten im Türrahmen, das Küchenlicht beleuchtete das felsengraue Haar, reglos in der flatternden Luft.

III.

Tief in der Nacht saß sie aufgeplustert am Küchentisch und ich entzündete das kalte Licht.
Ihre Hände knisterten wie dünnes Papier, als sie sie faltete und neu faltete.
Ich wollte sie nicht mit meinen schwitzigen Fingern ruinieren, mein Griff ist zu fleischig.
Sie maß ihren Blutdruck erneut.
Fühl, meine Stirn ist ganz heiß.

Ihre Finger flatterten im Wind und Erinnerung flutete ihr Gesicht.
Sie faltete ihre Finger um meine warme Hand; ich saß bei ihr, bis die Wellen abebbten.
Wir verschlangen einen ganzen Pott Eiscreme und grinsten uns wie fünfjährige Komplizinnen an.
Ihre Augen blitzten wie nasse Steine am Strand.
Danke, mein Kind, sagte sie und es lächelte das Mädchen, das in dem alten Körper sitzt.
Ein Tropfen Eiscreme rann ihr Kinn hinab und landete auf dem hellen Nachthemd.

IV.

Am frühen Morgen ist das Licht noch klar, die Wände sind weiß und halten hohe Decken.

Sie sitzt am Tisch und wartet bis das Essen fertig ist, schlenkert die Beine, als säße sie auf einer Schaukel. Sie sagt: um die Knie zu ölen, und verlangt mehr Butter in den Haferbrei. Sie zermalmt die Flocken mit der Zunge am Gaumen, weil sie ihre Zähne nicht hat.

Ich kenne die Wege durch die Sätze, vom Anfang bis zum Ende. Die Nachbarin, der Präsident, der Pförtner, Gott.

In der Küche hängt der Duft von Süßkartoffeln, die ich im Ofen backe. Nach dem Essen fülle ich sie in leere Eiscremedosen und stelle sie in den Kühlschrank.

Ich habe die Steinchen aus dem Zimmer gefegt.

Sie geht in der Satzhälfte verloren, ich sehe zu, wie sie strauchelt, und zögere. Dann biete ich ihr eine Handvoll Worte wie Brotkrumen an. Manchmal leite ich sie so auf neue Pfade.

Wir ziehen das Laken von ihrer Matratze und hüllen uns in seinen Geruch: Lavendelweichspüler und Urin.

Ich lege weiße Pillen in ihre Hände und sie schleckt ihre Finger ab, als wäre das Pulver zerronnener Zucker. Eine für den Blutdruck, eine für die Knie, eine wegen des Diabetes; eine, damit sie schläft.

In meinem Schlüsselloch brennt kein Licht mehr, ich habe es mit einem Schlüsseldreh gelöscht.

Du hast zugenommen. Kind, du siehst aus wie eine Frau. Ihr Fernseher läuft die ganze Nacht, sie schläft zusammengerollt und mit offenem Mund im riesigen Bett. Die Bilder beleuchten ihr Zimmer wie ein Traum. Ich öffne das Fenster und der Wind fegt in den stickigen Raum.

Draußen rufen Menschen, die Häuserfassaden leuchten. In meinem Schuh kullert ein verlorener Stein.
Ich weiß, der Herd bleibt kalt, ich werde nicht zu ihm zurückkehren. Sie wird die Tupperdosen in die Mikrowelle stellen und dem leisen Schnaufen 2:00 Minuten zuhören.
In meiner Erinnerung bleibt Raum für die dunkle Küche, in der sie mit den Füßen in der Luft auf dem hohen Stuhl sitzt, jahrelang.
In den Wänden meines Körpers hallt ein Ton wie das Zwitschern zweier Vögel. So klingt es, wenn ihre weichen Augen von der Sonne gewärmt sind und wir unser Lachen miteinander teilen.

Miriam de Hohenstein (sie/ihr) wurde 1999 in Frankfurt am Main geboren. Sie studiert Anthropologie und Literaturwissenschaft in Berlin und Rio de Janeiro. In Berlin ist sie Teil des intersektionalen Lyrikkollektivs »zwischen/achse«. Außerdem arbeitete sie an verschiedenen Tanz- und Performanceprojekten, u.a. in Valparaíso, Chile. 2023 war sie Preisträgerin des Jungen Literaturforums Hessen Thüringen und des hr2-Literaturpreises. Ihr in Kollaboration mit dem Medienkünstler Cosmo Schüppel entstandenes Hör-

stück »Ein Raum der Tarnung« wurde im Dezember 2023 im hr2 gesendet. Im April 2024 wird es auf dem »SNIPPET«-Hörstückfestival in Basel (CH) live performt.

Martina Jung

Eine Norm ist noch keine Metrik

Und dann sind da Menschen.
Sie stehen auf dem Platz, Rücken an Brust und drücken einen Lautsprecher gegen den Himmel. Pappschilder wandern über die Menge und personifizieren das Übel mit grellroten Fingerfarben. Es geht um Selbstbestimmung, glaube ich.
Ein Dutzend Polizisten überblickt das Ganze in einer 1-zu-50-Beziehung. Auch ich werde gemustert, als könnte ich einem der Demonstrierenden die Trillerpfeife aus dem Mund zerren und selbst eine Revolution fordern. Weil es in einer Menschenmenge kein unauffälliges Verhalten gibt, starre ich einfach zurück.
Alles drängt, meine Schritte werden kurz. Weiter! Wo ist »Weiter«?
Ich überlege, dass »Weiter« ein Vektor sein muss. Eine Größe, die ohne Richtungsangabe ihre Bedeutung verliert.
Kein Platz, keine Sicht. Etwas bricht unter meiner Schuhsohle – vielleicht ein Mittelfußknochen. Jemand nennt mich Kim.
Dann auf einmal Luft, Raum und das Gefühl, in der Masse jemand anderes gewesen zu sein.

Ich sollte das Umzugsunternehmen noch einmal anrufen. Gegen elf wollten sie klingeln, unten an dem Schild, wo mein Name hinter gelblichem Plastik steckt. Sie werden den Schrank und das Sofa verladen, die Kartons schultern und mit ihren nach Staub riechenden Stiefel auf dem Laminat knirschen, das ich mit Franz vor zwei Jahren verlegt habe.
»Ich habe jemanden kennengelernt. Sie heißt Anja«, hat er geschrieben. Eine Zeile, kein Platz für Interpretation.
Ich habe es kommen sehen, wir hatten schon lange keinen guten Sex mehr. Die Frage, wann wir zusammenziehen, wurde irgendwann zu einer Frage, ob, die weder Franz noch ich beantworten wollten.

»Willst du wirklich wegziehen?«, hat er gefragt. »Wir wohnen ja nicht einmal zusammen.«
»Ich brauche Abstand«, erklärte ich, ohne eine quantitative Einschätzung von »Abstand« geben zu können. In der Mathematik beschreibt man den Abstand zwischen zwei Punkten mit einer Metrik. Ein metrischer Raum ist dann eine Menge aus Elementen, denen man paarweise einen Abstand zuordnen kann. In manchen Fällen kann die Metrik auf eine Norm zurückgeführt werden. Die Tschebyschew-Norm zum Beispiel induziert die Maximums-Metrik, welche die komponentenmäßig größte Abweichung zwischen zwei Elementen als deren Abstand definiert. Ganz gleich, wie nahe beieinander die Punkte in allen übrigen Dimensionen liegen. Ich frage mich, in welcher Dimension Franz und ich uns am stärksten unterscheiden. Ob man sowas überhaupt für Menschen definieren kann, oder ob mathematische Konzepte scheitern müssen, weil es nicht genügend komplexe Zahlen gibt, um eine einzige Emotion zu begreifen.
Erzählt habe ich die Trennung nur meiner Arbeitskollegin, Evi, die es sowieso rausbekommen hätte. Mit ihrer Hilfe habe ich auch die neue Wohnung gefunden. Auf der anderen Seite des Flusses nahe dem Park, wo es im Sommer nach Flieder riecht und im Herbst nach faulem Wasser. Es ist eine schlichte Wohnung in einem Vierzig-Parteien-Haus. Etwas groß für mich, aber klein für die Familie, die vor mir dort gewohnt hat. Sie hat sogar einen Balkon, von dem aus man bis zu den Bürotürmen sehen kann, die abends rot glänzen, wenn die Sonne tief steht.
Die Wohnung ist wirklich schön. Das meinte auch Evi.
Der Klavierstuhl unter mir stöhnt, als ich mein Gewicht verlagere. Ich habe ihn einmal mit dem Vorhaben angeschafft, irgendwann ein Klavier dazu zu kaufen. Der Klang gefiel mir und die Vorstellung, mit diskretisierten Noten in Form von Elfenbeintasten zu spielen. Ich sei zu romantisch, sagt Evi.
Franz hat immer das Gegenteil behauptet.
Mein Seufzen zerstäubt an der nackten Tapete und ich halte inne. Es ist erstaunlich, wie schnell das Gefühl von »zuhause« in Umzugskartons verschwindet. An der Wand

pendelt nur noch das Bild einer impressionistischen Landschaft, das im kahlen Raum wie ein Exponat wirkt. Ich überlege, es absichtlich zu vergessen, um den Nachmietern einen Geschmack zu geben, wer vor ihnen hier gewohnt hat. Vielleicht mögen sie das Bild und lassen es hängen. Mir gefällt der Gedanke.

Ich habe es aus einer Kunstausstellung, die ich mir in Amsterdam angesehen habe. Zusammen mit Franz, der dort eine Fortbildung besuchte und mich mitgenommen hat. Ich verbrachte die Vormittage in einem Café, wo es WLAN, starken Kaffee und nachsichtige Kellner gab. Es fühlte sich nicht wie Arbeit an.

Am Abend kam Franz, mit zerknittertem Hemd und losen Haaren, weil er sich immer durch den Scheitel fährt, wenn er gestresst ist und Fortbildungen bedeuten für ihn Stress. Dann sind wir durch die Stadt spaziert. Über die Brücken mit den irrsinnig vielen Fahrrädern und an den schlanken Häusern vorbei, die aussahen, als müssten sie die Luft einhalten, um in den schmalen Spalt zwischen zwei Nachbargebäuden zu passen. Franz hat mir dann von seinem Tag und seinen Kollegen erzählt, und ich habe genickt, weil mich seine Welt interessierte. Das war kurz nachdem wir zusammengekommen waren, in einer Zeit, als ich noch glaubte, dass es klappen könnte, mit Franz und mir. Schon damals hatte ich daran gedacht, auszuziehen. Aber für ihn und nicht seinetwegen.

Ich bin schon viermal umgezogen und lache über Menschen, die vom »Ankommen« sprechen, als sei es ein Limes, gegen den jeder irgendwann konvergiert. In meinen Atlas habe ich die Umzüge mit Edding eingezeichnet. »Was ist das?«, hat Evi gefragt, als sie einmal bei mir war. Ich habe ihr den Begriff der Norm erklärt und dass die Norm von der Summe zweier Elemente höchstens so groß sein kann, wie wenn man die Normen beider einzelner Elemente aufaddiert. Dreiecksungleichung nennt man das, obwohl genau genommen nur zwei Elemente beteiligt sind. »Hm«, hat Evi geantwortet und den Kopf schief gelegt, als müsse sie nachdenken.

Die Umzugsfirma kommt eine halbe Stunde zu spät. »Stau«, brummt einer der Männer. Ich halte ihnen wortlos die Tür auf. Es ist warm und ich trage ein unpassend dickes Shirt, unter dem mein Bizeps nicht so auffällt. Eigentlich bezahle ich die Leute bloß, um meine Erinnerungen nicht anfassen zu müssen.

»Sie sind Mika?« Der Mann spricht zu meiner Schulter, als würde mich ein direkter Augenkontakt überfordern.

»Ja. Da hinten sind die Sachen.«

Ich sehe zu, wie die Männer nach innen laufen und sich über Belangloses unterhalten. Zigarettenrauch klebt an ihren Stimmen. Ich werde lüften müssen.

»Nein, das nicht!«

»Sicher, dass Sie das ...«

»Lassen Sie es hängen.«

Mit dem Schirm zähle ich die Stufen von der U-Bahn nach oben. Gestern waren es fünfzehn.

Ich steuere auf ein Mittagstief zu und auch Evi ist wortkarg. Wegen der geräuschvollen Demonstrationen in der Stadtmitte wurde ihre Präsentation auf den Nachmittag verschoben. Evi ist kompetenter als die meisten, dafür aber perfektionistisch. Wenn ich sie frage, ob sie nervös ist, sagt sie *Nein*, aber eigentlich ist sie es doch.

Eine Gruppe Teenager kommt uns entgegen. Ihr Alltag ist beneidenswert geregelt, denke ich. Schule, Hausaufgaben, Kieferorthopädie.

»Ich wollte auch mal Brackets«, meint Evi. Immer, wenn niemand geschaut hat, habe sie die Zunge hinten gegen die Schneidezähne gepresst, um sie auseinanderzudrücken. Ihre Zähne stehen noch immer leicht übereinander.

»An was denkst du?«, will sie wissen.

Ich zucke die Schultern und frage dann: »Hast du morgen Abend Zeit?«

»Was ist da?«

»Ich habe Geburtstag.«

»Oh.«

Franz wäre gekommen. Wir hätten den Tag zusammen verbracht, vielleicht auch die Nacht.

»Ich hatte überlegt, feiern zu gehen.«

»Wahrscheinlich nicht so meins«, gesteht Evi.

Ich nicke. Es wird Menschen geben, Bass und fremde Hände. Evi grinst, als könne sie meine Gedanken hören.

Franz hat mich nach meiner neuen Adresse gefragt und ich habe ihm eine falsche gegeben. Sie führt zu einer Nachhilfeschule, wo in blauen Buchstaben »Wir helfen dir bei Mathematik« auf der Scheibe steht. Deutsch wird seit ein paar Wochen auch angeboten. Das weiß Franz aber nicht und ich bezweifle, dass er es rausfinden wird.
Meine Nachbarin hat mir zum Abschied eine Flasche Sekt geschenkt. Dabei trinke ich gar nicht. Ich werde sie wohl erst an Neujahr köpfen, wenn ich eine Gelegenheit habe, den Staub aus den Sektgläsern zu spülen, neue Gardinen aufzuhängen und ein paar Freunde einzuladen. Evi werde ich einladen und einige Bekannte.
Wir werden auf Gesundheit trinken und auf Neuanfang. Es wird einfacher. Jedes Mal ein kleines bisschen.

Martina Jung, 1999 geboren und aufgewachsen in der Nähe von Frankfurt am Main, studierte theoretische, mathematische Physik in Frankfurt und München. Sie wurde mehrfach in der Literaturzeitschrift »Johnny« der Goethe-Universität veröffentlicht; eine dort erschienene Kurzgeschichte wurde außerdem im Rahmen des Podcasts »Wortfolgen« vertont. 2023 war sie Teilnehmerin am Schreibseminar der Bayerischen Akademie des Schreibens. Aktuell forscht sie als theoretische Physikerin in Jena.

Leonard Marx

Sterbehelfer

0.

Es gibt Texte, die handeln von anwesenden Abwesenden. Von denen, die da sind, ohne da zu sein. Die präsent sind in allem, was geschieht, was gedacht und gesprochen wird, ohne aber selbst zu geschehen, zu denken oder zu sprechen. Ihre Handlungsebene ist nicht die geschilderte Realität, sondern auf seltsame Weise darüber. Ein Stockwerk höher, in der Gedankenwelt schwirren sie, halten die Fäden aller Figuren in ihren Händen – nein, nicht in ihren Händen, ihre Hände gibt es nicht (mehr).

Jemand erzählte mir von dieser Idee (wer, weiß ich nicht mehr) und seitdem lege ich sie wie einen Filter über meine eigenen Texte, lese sie durch eine Brille, die nur jene anwesenden Abwesenden durchlässt, und erkenne: Dieser Text funktioniert umgekehrt, muss umgekehrt funktionieren. Nicht die Abwesenden sind anwesend, sondern die Anwesenden abwesend. Keinesfalls gänzlich, sie treten auf, aber nicht explizit, nicht in ihrer vollendeten Persönlichkeit, denn es ist mir nicht möglich, sie um Erlaubnis zu bitten. Deshalb sind sie nur (wirklich nur?) als Patienten da.

1.

Vor einigen Monaten habe ich angefangen, meinen Hund zu fotografieren. Er zeigt sich in anderen Tieren (oder: andere Tiere zeigen sich in ihm?): die Ohren hochgeklappt zur Fledermaus, im Liegen eingerollt zur Schnecke. Ich streiche sein Kopfhaar gegen den Strich, stelle ihm ein Nackengefieder auf, den Kopf senkend wird er zum Wasservogel; ein Haubentaucher.

Seitdem ich nachts auf Station arbeite, steht er immer gleich vor der Tür, wenn ich abends um neun Uhr das Haus verlassen will. Den Rumpf zum Halbkreis gebogen, schiebt er

mir seine Flanke entgegen, diese kleine Wölbung zwischen Bauch und Hinterlauf, an der sich die Haare kräuseln. Jedes Mal ist er pünktlich, eine tierische Tür-Uhr. Jedes Mal riecht er an mir, seine feuchte Nase durch die Jeans pinselt meine Kniescheibe. Und jedes Mal frage ich mich, ob er die Gerüche der Patienten kontrolliert. Ob er mich riecht, um sie zu riechen, wenn ich morgens um sechs Uhr wiederkomme. Ob er ihre Gerüche abpaust, sie an meiner Hose zählt – weiß, wer von ihnen gestorben ist und wer noch lebt (und wer demnächst sterben wird?).
Die Wohnungstür ist unsere Spiegelachse. Morgens komme ich von der anderen Seite und er steht andersherum da, er und seine Flankenschranke: Sein Pinseln ist Passkontrolle, ohne komme ich nicht vorbei.

2.
Am ersten Tag stehe ich eine halbe Stunde vor Schichtbeginn an der Garderobe. Meine Augen gehen mich im Spiegel ab. Die weißen Sportschuhe hoch, die noch weißere Hose entlang, darüber der schwarze Gürtel, das rosa Poloshirt mit Krankenhaus-Logo (eingesteckt) – an meinem Hals, vor dem Kinn, mache ich Halt, biege links ab, den dünnen Oberarm, den kantigen Unterarm hinunter zu meinen Spinnenfingern. Ich sehe aus wie ein Trickbetrüger, Enkelschwindler, wie ein schlaksiger Golfspieler-Bonze.
Eine halbe Stunde nach Schichtbeginn merke ich: Die (meisten) Patienten sehen mich nicht so, weil sie mich nicht sehen können. Ich werde durch die Station geführt, begrüße die, die mich begrüßen können. Dreizehn Patienten in dreizehn großen Zimmern mit Balkon kommen auf zwei Schwestern plus einen Arzt auf Abruf in der Nachtschicht und drei Schwestern plus zwei Ärztinnen tagsüber; ein Pflegeschlüssel, von dem andere Stationen träumen können und andere Patienten träumen: Es gibt eine Warteschlange in Form eines Ordners mit Patientenbögen. Die Schicksale der Wartenden sind rote, grüne, blaue Kritzelschrift.
Der Ordner ist das einzig Unordentliche auf Station. Sonst ist ordentlich, was sich schwer ordnen lässt: Im Gang hängt

eine leinwandgroße, gerahmte Collage aus Bildern, die Patienten in Kunsttherapie-Sitzungen gezeichnet haben. Darunter stehen in Druckschrift Name, Alter und Todesursache der Zeichnenden. Die Bilder sind geordnet und ordnen selbst, sind Collagen von Lebensinhalten.
Beim Vorbeilaufen fällt mein Blick immer wieder auf eines: Auf einer Wiese stapeln sich beschriftete Boxen: Eine graue, auf der *Krebs* steht, die angrenzende rote beinhaltet die *Familie*, darüber *Hobbys*, *Beruf*. Darunter, wieder in Druckschrift: *Allem seinen Platz zuweisen*. Die Boxen sind Biotope im doppelten Sinn; Lebensräume mit eigenem Klima. Im *Krebs*-Raum regnen blaue Tropfen auf das Krankheitsgrau, darüber spannt sich ein Regenbogen. In der *Familie* scheint die Sonne.
Weil die Palliativstation ein besonders hygienischer Raum ist, gibt es eigens Räume für das Unhygienische. Im Raum *Unrein I* sind die schmutzigen Kleider der Patienten, in *Unrein II* werden die Fäkalien entsorgt.

3.
Die meisten Patienten sterben wenige Tage nach ihrer Verlegung. Natürlich gibt es Abweichungen, natürlich gibt es wenige, die vor ihrem Tod noch nach Hause können, um dort zu sterben, und natürlich gibt es noch wenigere, die dorthin zurückverlegt werden, wo sie herkamen, wo ihre Krankheit noch therapiert wurde und doch weiter therapiert werden soll. Man redet von diesen Fällen wie von Wundern, an die keiner glaubt.
Wenn eine Patientin stirbt, wird eine Kerze in einem eckigen Holzständer auf den Boden vor ihr Zimmer gestellt. Bevor die Totenstarre eintritt, legt die Schwester ihr eine Kinnstütze an, ein gelbes Plastik-Oval, das den Mund schließt. Ihre Hände werden gefaltet und zusammen mit einer Rose auf die Brust gelegt. Die Tote bleibt bis zum nächsten Tag in ihrem Zimmer, dann wird sie vom Bestattungsinstitut abgeholt, die Kerze verstaut und eine Blüte der Rose in eine Wasserschale zu den Blüten anderer Verstorbener gelegt.

Das Zimmer wird gereinigt, anschließend zieht der nächste Patient ein.

Am Mittwoch meiner ersten Woche verpasse (?) ich den Tod einer Patientin um drei Minuten. Die Schwester stellt ihn fest. Unsichere Todeszeichen: keine Atmung, kein Puls. Sie flüstert mir zu, was sie gerade macht. Danach sagt sie zur Toten:

– Haben Sie's geschafft, Frau ________.

Sie schiebt die Vorhänge zur Seite, lehnt sich zum Fenster und dreht sich zu mir um. Während der Griff in die Waagerechte knarzt, sagt sie:

– Damit die Seele entweicht.

Sie öffnet das Fenster. Wir verlassen das Zimmer.
Später gehe ich aufs Klo und heule. Mir ist nicht schlecht, ich habe keine Schmerzen. Ich heule nur. Möglichst leise.
Als ich zurück ins Schwesternzimmer komme, sind meine Augen rot:

– Mei Linse is' verrutscht.
– Geh her, mei Lieber. Ich schau amal. Welche denn? Links oder rechts?
– Beide.
– (*Lacht*) Ach so. Des san sie mir früher auch manchmal.

Am nächsten Vormittag, beim Schlafengehen, frage ich mich, wie schnell die Seele aus dem Körper entweicht. Und wo sie beim Lebenden sitzt. Und wo beim Schlafen. Und wohin sie geht, wenn man stirbt.
Am nächsten Abend stehen zwei weitere Kerzen im Gang.
Wenn eine Patientin gestorben ist, sagt man zu ihr:

– Gute Reise, Frau ________.

Wenn eine Patientin gestorben ist, sagt man zur Schwester:

– Ich hab' sie gemocht, die Frau ____________.

4.

Seit ich auf Station arbeite, springen mir unzusammenhängend Bilder aus meinem Leben in den Kopf. Ich stelle mir vor, ich bilde mir ein, ich rede mir ein, sie wären Aus-

schnitte des Films, der einem beim Sterben abgespielt wird. Ich rücke meinem Film näher, weil ich dem Tod näher rücke – nur dass der Tod nicht meiner ist, sondern der Tod derer, die ich pflege.
Ich sehe Bilder, an die ich mich eigentlich nicht mehr erinnere, die ich meinem Gedächtnis nicht zugetraut hätte.
Ich sitze im Schwesternzimmer, schaue auf die Uhr und muss unvermittelt an meinen Schulweg in Bonn denken (ich war seit zehn Jahren nicht mehr in Bonn und seit fünfzehn nicht mehr in der Grundschule). Ich kann sagen, was ich sehe, aber nicht, wie es sich darstellt.
Ich kann sagen: Schulweg in Bonn, Straße, Brücke. Genauer wird es nicht.
Es fühlt sich an, als zeige mir mein Gedächtnis diese Erinnerungen, um mir ihre Unbeschreiblichkeit, ihre Transzendenz zu demonstrieren. Erst kamen sie nur auf der Station, einige Tage später auch zuhause und dann im Schlaf. Ich rieche sie mehr, als dass ich sie sehe, und schmecke sie mehr, als dass ich sie fühle. Vielleicht kommen sie wieder, wenn ich einmal sterbe.

*Leonard Marx, 1998 in Bonn geboren, ist Absolvent des Deutschen Literaturinstituts Leipzig und derzeit Medizinstudent in Jena. Seine Prosa erschien in der »Leipziger Volkszeitung« und bei Tropen, mit szenischen Texten war er unter anderem beim »Treffen junger Autor*innen« am Schauspiel Leipzig vertreten. 2021 wurde er ins Junge Forum der Deutschen UNESCO-Kommission berufen. Neben dem Medizinstudium arbeitet er aktuell an einem Roman, dessen erstes Kapitel im Rahmen der Initiative »Komm! Ins Offene« vom Sächsischen Literaturrat prämiert wurde.*

Liz Preuss

Das Paradies ist zahm

(1)
Ich habe uns ein Haus gefunden, mit Garten.
Ein südliches Nirgendwo
Ohne Nachbarn, ohne Straßen

Ich habe mich aussortiert, wirklich
Die Gespenster spielen im Keller
Und essen Apfelschnitze

Ich habe uns Oleander gepflanzt, im Garten.
Die Stacheln von den Rosen gepflückt
Auf meine scharfe Zunge gelegt –

(2)
Möchte sagen: Das Paradies ist zahm.
Die Bienen sind nur zu Besuch

Täglich mähe ich zweimal
Rasen und Zweifel auf drei Zentimeter.

Ich schlafe mit Gartenschere in der Hand
Kein Ast soll dir krumm kommen.

Die Minze streichelt mir die Finger
Und kocht den Spuk aus dem Keller.

Morgens pflücke ich Früchte
Und suche nach faulen Stellen an mir.

Ich presse Zitronen im Gras
Als hätte es nie ein bitteres Wort gegeben –

(3)
Die Bienen ziehen am Apfelbaum ein
Die Gespenster sind hungrig.

Der Efeu steigt aufs Dach
Meine Schere ist stumpf.

Das Gras kitzelt an der Markise
Und winkt mir im Dachgeschoss zu.

Die Hände schlafen an der Sense ein
Die müsste man wohl im Garten begraben.

Ich habe mir einen Gärtner bestellt
Wir sitzen auf der Mauer und trinken roten Wein.

Er meint, wie lange das wohl hält
Mit all den Tauben auf dem Dach

(4)
Ich habe dem Garten das Haus gelassen.
Die Gespenster klettern durchs Kellerfenster
Und sammeln jetzt selbst das Obst

Du würdest mich nicht mehr erkennen.
Manchmal bekomme ich Cidre, aus Mitleid
Die Gespenster brauen jetzt in Keller und Küche

Der Gärtner sagt, man müsse auch Stress kompostieren
Dass der Wein dann besser werde
Und dass Angst ein guter Nährboden sei

Ich verschlafe Tage im Meer aus Gras
Die Vögel bringen mir ihre Sprache bei
Und wie das mit dem Ziehenlassen geht

Ich habe die Dornen heruntergeschluckt
Jetzt küss ich den Efeu am Morgen
Das ist alles nur Fassade

Eine Pinie wächst durchs Dach
Legt die Arme auf die Fensterbank
Und fragt nach dir

Liz Preuss, 2004 in Rüdesheim am Rhein geboren und im Rheingau aufgewachsen, studiert seit Oktober 2023 Publizistik und seit dem Frühjahr 2024 Komparatistik an der Johannes Gutenberg-Universität Mainz. Weil sie Literatur bereits während der Schulzeit so spannend fand, hat sie zwei Semester Germanistik während ihres Abiturs »frühstudiert«. In den Jahren 2018 bis 2020 hat sie dreimal beim Literaturpreis »Ohne Punkt und Komma« gewonnen. Gemeinsam mit Konstantin Stawenow und Annika Gand ist sie seit 2020 Teil des Autor:innenkollektivs »@partnersinpoem«. 2021 und 2022 wurde sie zur Nacht der Jungen Lyrik nach Hamburg eingeladen. 2023 wurde sie mit einem zweiten Platz beim Jungen Literaturforum Hessen-Thüringen ausgezeichnet. Im Juni 2023 war sie lyrix-Monatsgewinnerin.

Konstantin Stawenow

Auszüge aus Trost Land, Gedichte

Insektenhotel #1 / Hochrhöner im Juni

vergiss nicht das Summen der schwarzblauen Holzbiene
und die Flügelmutter in deiner linken Augenhöhle
den Holunder um deine Schultern gelegt
und tausend Schnaken im Tandemflug

vergiss nicht die Spur der Zauneidechse
das Ziehen der Wespen am Unterarm
und Strom auf Leitungen aus Spinnennetzen
vor deiner Bauchwand gespannt

da haben Fliegen kurze Beine
und die Stielaugen der Wegschnecke
zucken schnell zurück

ich halte die Göttin an den Fangarmen fest
das siehst du nicht ich lasse sie nicht rein
sie beißt mir den Kopf ab

Insektenhotel #2 / Gera-Aue im Juli

ich erinnere mich gut an die Gabelung
des Vogelbeerbaums windgebrochen
die Stücke zerschlagenen Gasbetons
Schilfrohrbündel und Krüge in Scherben

an die Wohnungen die uns bereitet wurden
in denen der Specht uns nachgegangen ist
auf der Suche nach Eiweiß den Schnabel
zwischen unseren Flügeln

das Knacken von Exoskeletten
zwischen Schnabelhälften die Frage danach
was Facettenaugen im Dunkeln sehen

Zeit der Vögel / Gera-Aue im September

vor Ringleben tragen die Kühe Schwalben an den Hufen
die roten Holunderdolden greifen ins Leere
ihre schwarzen Beeren von Staren gepflückt

ein Stoß Tauben aus der Pappel, ich
ein Weidenkind, erinnere mich an
die Schatten der Weberknechte

der Ulme fehlen auf Bauchhöhe Borke
und Bast, der Weißdorn duldet keinen
Verbiss, am Mühlarm zieht die Herde weiter

im Ort liegen Kissen in den Fenstern
Großvater hat den Hahn geköpft und
mir die Federn geschenkt

Konstantin Stawenow, 2003 in Erfurt geboren, befindet sich in den letzten Zügen seiner Ausbildung zum Holzbildhauer in Empfertshausen. Neben Gedichten für Literaturzeitschriften und Anthologien entstehen immer wieder auch Texte für seine ehrenamtliche Arbeit im CVJM Thüringen. Er ist u.a. Mitglied des Lyrikkollektivs »@partnersinpoem«, Teilnehmer der Thüringer Textwerkstätten »Weitsicht« in Ranis und »Poesie & Praxis« in Gera sowie der young poems 2023 am Haus für Poesie. 2023 und 2024 war er Gast der Forschungsstelle für Sprachkunst und Religion der Katholisch-Theologischen Fakultät Erfurt. 2022 und 2023 wurde ihm von der Erfurter Herbstlese ein Hauptpreis des Eobanus-Hessus-Schreibwettbewerbs zugesprochen. 2024 wurde er zum zweiten Mal mit einem ersten Preis des Jungen Literaturforums Hessen-Thüringen ausgezeichnet.

Frauke Thimme

Was Phase ist

Grüner Wald, es duftet nach nasser Erde. Ich laufe barfüßig durch das kühle Laub, es ist kalt, aber das macht mir nichts aus. Meine Nase fühlt sich rot an.

Es war eine spontane Idee, nackt das Haus zu verlassen. Es könnte sein, dass ich jemandem begegne. Na, die würden gucken. Eine nackte Frau mitten im Wald. *Wahrscheinlich ist sie verrückt, vielleicht irgendwo weggelaufen.* Falsch wäre das nicht, aber ganz anders als sie denken.
Vorhin habe ich in den Spiegel geschaut, habe mir in die Augen geguckt. In meinem Schlafanzug sehe ich nicht schön aus, dachte ich. Dann habe ich meinen Schlafanzug ausgezogen und musste weinen. Mein Körper ist nicht schön, deshalb habe ich geweint. Ich fühlte mich nicht schön.
Ich habe mich wieder ins Bett gelegt, in mein warmes Bett unter meine Decke, die mich nie verurteilt. Ich habe mich selbst befriedigt, für bestimmt eine Stunde, ich hatte es nicht eilig. Ich bin aufgestanden, weil ich mir die Hände waschen wollte, und habe mich danach wieder im Spiegel angesehen, ziemlich lange sogar. Ich wollte mich anschauen, bis ich jeden Teil meines Körpers schön finde. Und dann habe ich mir noch mal in die Augen geschaut, *und was ist überhaupt schön?* Dazu ist mir dann gar nichts eingefallen. Zuerst hat mich das erschreckt, denn ich habe ja gelernt, dass ich schön sein MUSS, und wenn ich nicht mal WEIß, was SCHÖN überhaupt BEDEUTET, ist es ja klar, dass ich es auch nicht sein kann. Und dann wurde ich plötzlich ganz ruhig, denn wenn ich nicht mal WEIß, was SCHÖN überhaupt BEDEUTET, ist es ja klar, dass ich es auch nicht sein KANN. Ich habe mir in die Augen geschaut, meine braunen Augen, ganz braune Augen, und die haben mir gefallen. Ich weiß nicht, ob die schön waren, ob sie schön sind. Das kann ich nicht wissen, und vielleicht niemand. Ich habe das Haus verlassen und bin in den Wald gelaufen, durch den Nebel,

an den Hochhäusern vorbei, über die Straße, und es dämmerte schon.

Jetzt ist es fast dunkel und meine benebelte Haut glitzert ein bisschen im Licht. Heute ist Vollmond, das heißt, ich bin sehr gut sichtbar, und ich bin auch immer noch ganz nackt. Das macht mir aber nichts aus. Vielleicht bin ich wirklich verrückt geworden: Ich laufe nackt durch den Wald, denke, ich hätte etwas Grundlegendes verstanden, und setze mir selbst ein bedeutungsschweres Zeichen, aber in Wirklichkeit bin ich einfach verrückt geworden. Wäre das überhaupt schlimm? Früher haben mir die Leute gesagt, du bist doch verrückt! Ihr Gesichtsausdruck und ihr schockierter Tonfall waren eindeutig: *Das ist nichts Gutes!*
Vielleicht hatten die Leute einfach nicht recht. Vielleicht haben Leute nicht recht, auch wenn sie sich sicher sind, dass sie recht haben. Ich frage mich, ob ich deshalb nun NICHT VERRÜCKT bin oder mein Verrücktsein NICHT SCHLIMM ist. Ich finde beides in Ordnung und interessiere mich eigentlich auch nicht weiter dafür. Es gibt Wichtigeres.
Ich trete auf einen Tannenzapfen und zische leise durch zusammengepresste Zähne. Wie viel schmerzhafter es gewesen wäre, wenn ich auf einen Igel getreten wäre? Und ob der Igel das überlebt hätte? Denn ein Mensch ist sehr viel schwerer als ein Igel. Wie schwer muss ein Mensch sein, um einen Igel mit einem einzigen, unbedacht barfüßig schmerzhaften Tritt zu töten? Ich reibe gedankenverloren meine gezapfte Sohle.
Wie LEICHT muss ich sein, damit es niemanden mehr interessiert, ob ich gesund bin? Wie SCHWER muss ich sein, damit es niemanden mehr interessiert, ob ich genug esse? Ich wackele mit meinem Hinterteil, mitten im Wald, bei Vollmond.
Wahrscheinlich sitzt in irgendeinem Baum eine Eule und fragt sich, was Phase ist.
Ich atme tief ein, die schwere Waldluft, die sich in meinen Lungen festsetzt. Es fühlt sich an, als würde ein Atemzug dieser Luft für den Rest meines Lebens reichen.
Früher dachte ich, in jedem Baumstumpf wohnt ein Kobold oder eine Waldelfe oder eine Fee. Ich konnte erkennen, in

welchem Waldstück besonders viele fantastische Wesen leben und aus welchem sie sich zurückgezogen hatten. Jetzt erkenne ich das nicht mehr so gut, ich bin älter geworden und habe meine Fantasie verloren, oder aufgehört, sie ernst zu nehmen.
Hinter mir knackt es laut, ich drehe mich blitzschnell um, aber sehe im Dunklen natürlich nichts. Wer verbietet mir den Gedanken, dass da gerade ein Kobold an mir vorbeigehuscht ist? Niemand. Und wer erlaubt es mir? Ich. Ha!
Ich lächele zufrieden in die düstere Ungewissheit, male mit meinem Fuß einen Kreis ins Laub und gehe langsam weiter. Ich glaube, alle sollten nackt durch den Wald laufen. Nicht gleichzeitig, man müsste sich gut absprechen. Das ist natürlich aufwendig, aber ich bin mir sicher, es würde sich lohnen. Kommunikation und Nacktsein sind vielleicht die zwei Dinge, die die Welt retten könnten. Vermutlich gehört aber mehr dazu.
Ich stehe unter einer Fichte mit gelben Nadeln. Das macht mich traurig, weil Fichten überhaupt nicht wissen sollten, wie es ist, gelb zu sein. Die Nadeln sind ganz trocken unter meinen Füßen, gemeinsam weich und einsam spitz.
Ich fasse mir ins Haar und reiße mir eine Strähne aus. Meine Augen tränen und ich lasse die Haare auf den Waldboden fallen. Dann muss ich weitergehen.
Ich sehe die ersten Laternen durch die Wipfel blinken und steuere darauf zu. Es ist Zeit, nach Hause zu gehen. Vorher atme ich noch einmal tief, als Vorrat.
Als ich aus dem Windschatten der Bäume trete, weht ein leichter Wind, und ich merke, dass ich noch nie Wind an meinen nackten Brustwarzen gespürt habe. Menschen ohne Brüste hätten diese Erkenntnis in diesem Moment vermutlich eher nicht. Es muss noch viel passieren, erkläre ich der Straßenlaterne vor mir. Sie flackert nur. Ich stelle mir vor, wie ich eine nackte Frau sehe, die mit einer Straßenlaterne spricht.
Zum Abschied berühre ich kurz den moosbewachsenen Pfahl.
Meine Füße tappen über den Asphalt, kleine Steinchen bohren sich in meine Fußsohlen. Ich sollte häufiger barfuß

laufen, damit diese Steinchen mir nichts anhaben können, wenn ich barfuß laufe. Wie beim Gitarrespielen, damit die Saiten nicht in die Finger schneiden. Ich habe einen Ohrwurm vom letzten Lied, das ich auf meiner Gitarre gespielt habe, und beginne zu summen. Ich gehe schneller, weil die Musik mich beschwingt und weil mir die Kälte langsam doch etwas ausmacht. Aber wenn man im Winter nackt durch den Wald läuft, ist das wahrscheinlich normal. Wer hat überhaupt entschieden, was NORMAL ist –

Angekommen.
Ich stehe vor meine Haustür und fühle mich, als wären Jahre vergangen, oder als wäre ich in der Zeit zurückgereist. Bevor ich reingehe, schaue ich noch einmal in den vollmondigen Winterhimmel. Ich fühle mich nackt, weil ich nackt bin. Ich bin nicht schön und vielleicht verrückt.
Ich stelle mir eine nackte Frau vor, die vor sich hin summend ihr Haus betritt und müde in ihr warmes Bett kriecht, unter ihre Decke, die sie nie verurteilt.

Frauke Thimme, geboren 2001 in Wiesbaden, ist ausgebildete Medienkauffrau und als Singer/Songwriterin aktiv. Momentan ist sie im ZDF tätig und gibt nebenbei Klavierunterricht. Preise beim Wettbewerb »Ohne Punkt und Komma« (2014, 2015, 2017) sowie beim Jungen Literaturforum Hessen-Thüringen 2020 und 2024; Veröffentlichungen in den jeweiligen Preisträgeranthologien.

Alina Weber

Dein Auto riecht noch immer nach Neuwagen

CW: In diesem Text geht es um von Männern ausgeübte Gewalt an Frauen* in Beziehungen.

I. Die Kerze auf der Fensterbank wirft deinen riesigen Schatten an die Badezimmerwand.
Meine Fingernägel gleiten mein Schienbein entlang; erst vorsichtig,
doch dann fester, bohren sich immer tiefer in mein Fleisch,
je länger ich deine verzerrten Umrisse betrachte.

Du bist so viel leiser, wenn du nur noch wütend auf dich selbst bist.

Unzählige Krokodilstränen laufen deine Wange hinunter, tropfen auf den Boden,
verdünnen dort langsam das Blut, das unentwegt aus meiner gebrochenen Nase läuft.

Ich zünde mir mit zittrigen Händen eine Zigarette an; eigentlich nur,
um sie auf der Hand, die du auf mein Knie gelegt hast, wieder auszudrücken.
Doch wie immer ziehe ich bloß gierig den Rauch ein und stelle mir vor,
wie es wäre, wenn.

Als du mir ein eiskaltes Kühlkissen auf den Trümmerhaufen drückst,
der einst das Liebste an meinem Gesicht war, spüre ich nichts.
Du murmelst was von Krankenhaus, auch wenn es dir nicht lieb ist.
Ich zucke abwesend mit den Schultern.

II. Dein Auto riecht noch immer nach Neuwagen. Mir wird schlecht.
Ich schlucke die Kotze, die mir hochkommt, angeekelt wieder herunter.
Wie gerne hätte ich sie dir ins Gesicht gespuckt.

Du drückst aufs Gas, den Blick starr auf die dunkle Straße gerichtet.
Der Dampf deiner E-Shisha türmt sich bedrohlich vor mir auf,
bevor er durch das geöffnete Fenster in die schwüle Nacht entgleitet.

Durch den Fahrtwind kommen die Schmerzen zurück.
Ich beiße mir auf die Lippen und kralle mich am Türgriff fest.
Währenddessen klebt der Ledersitz an meinen nackten Beinen wie ich an dir.

So, wie die Landschaft dort draußen an uns vorbeirauscht, könnte man meinen,
du machst dir wirklich Sorgen um mich. Dabei fährst du bloß immer zu schnell,
wenn du betrunken bist.

III. 200 Meter vom Krankenhaus entfernt bleibst du stehen.
Ich werde hier aussteigen, allein, und mich bis zur Notaufnahme schleppen.
Während du zurück zum McDonalds an der Autobahnabfahrt fährst und dir genüsslich
vier Cheeseburger und zwei Erdbeermilkshakes in den Rachen schiebst.

Bevor ich die Tür öffne, streicht mir deine Hand langsam durchs Haar.
Wenn du willst, kannst du so soft sein.
Langsam nehme ich einen deiner Finger in den Mund. Ich weiß, wie es dich anturnt,
wenn ich meine Lippen an ihm auf und ab gleiten lasse.

Als du die Augen schließt und beginnst, mit der anderen Hand deine Hose zu öffnen,
beiße ich mit aller Kraft zu.

Knochen knacken.

Nun mischt sich dein Blut mit meinem.

Wie romantisch.

Alina Weber, 1998 in der Nähe von Köln geboren, studiert Philosophie und Germanistik an der Goethe-Universität Frankfurt und plant, danach kreatives Schreiben im Master zu vertiefen.

2. Preis

Sven Beck

Gute Leute

Als ich acht Jahre alt war, hatte es angefangen. Die Geräusche schwappten durch die Wand des Nachbarhauses. Ich hörte sie, wenn ich im Bett lag.
»Ich habe für alle gekocht, die ganze Gesellschaft.«
»Einmal ... und noch heute willst du Lorbeeren!«
»Weil sie nie kamen.«
»Weil ich die restlichen dreihundertwasweißichwieviele Tage das Essen mache, Rudi.«
»Ich zwing dich nicht, meine Frau zu sein.«
»Geh, wenn du gehen willst, geh!«
»Vielleich tu ich das.«
»Tu das!«
»Okay.«
Dumpfe, kurze Töne, als würden sie gegen die Trennwand unserer Häuser klopfen. Dann Ruhe. Auch Klara, meine Schwester, hörte es. Wir erzählten es Mutter, es hielt vom Schlafen ab. Mutter legte sich die Hand auf den Mund und tuschelte Vater zu. Am nächsten Morgen klingelte es an der Haustür und Vater verteilte Handschuhe und Maler-Anzüge. Zuerst schraubten sie die Betten auseinander. Dann schoben sie die Möbel um. Sie hievten und zogen, drückten und pressten, bis die Zimmer leer waren: meins und auch Klaras. Zum Schluss tauschten sie alle Möbel mit ihren eigenen aus und strichen unsere neuen vier Wände weiß. »Den Rest«, sagte Mutter dankend zu ihren Freundinnen, »schaffen wir allein«. Und als sie die Tür hinter den beiden schloss: »Was bin ich froh, dass die Kleinen jetzt woanders schlafen.«
Umso schwerer für sie: Mit ihrem leichten Schlaf schreckte sie auf bei jeder Kleinigkeit. Dann lag sie da und machte sich einen Kopf: Übers Schreien. Übers Klatschen. Über den morgigen Tag.
Einmal wurden sie so laut, dass auch wir es wieder hörten. Sogar bei der Hundertjährigen gegenüber ging das Wohn-

zimmerlicht an. Eine halbe Stunde später blinkte blaues Licht in hellen Streifen an die Decke.
Das war zwei Monate vor Herr Bertrams Tod. Als Mutter die Nachricht überbrachte, saßen wir beim Essen. Sie machte eine Miene, als hätte sie Zwiebeln verbrannt. Und dann: Er hat sich totgetrunken, leider. Mit Frau Bertram müsse man jetzt nachsichtig sein, sagte sie: Die sei noch ganz im Schock, habe die Tür aufgeschlossen, ihre Jacke aufgehängt, das Wohnzimmer betreten und ihn plötzlich tot auf dem Sofa gefunden. Der Fernseher lief, ein Bierglas war halbvoll, man müsse nachsichtig sein.
Früher, wenn wir im Garten einen Ball kickten, stand er am Zaun und rauchte.
»Wisst ihr«, sagte er. »Ich war auch Spieler, ein ganz großer, das war … Lasst mich überlegen … 98 muss das gewesen sein! 1998, Mensch, bin ich alt. Im Waldstadion war das, 40.000 Menschen, kannst du dir das vorstellen?«
Klara staunte und flüsterte mir zu.
»Wäre da nicht diese Knieverletzung gewesen«, sagte er und trank einen Schluck Bier. Er trank immer tagsüber Bier. Und Frau Bertram war immer abends enttäuscht.
Einmal hatte Mutter sie durchs Badezimmerfenster beobachtet, sah, wie sie volle Einkaufstüten aus dem Kofferraum lud und rief: »Guten Abend, Frau Bertram! Kann ich helfen?«
»Das ist lieb. Sie sind ja selbst beschäftigt mit den Kleinen.«
»Sind Sie sicher? Ich kann wirklich schnell raus!«
»Ach das bisschen hier, das kriege ich schon –«
Hin, wollte sie sagen, aber eine Gurke fiel vornüber. Sie beugte sich, um sie aufzuheben, vergaß die dutzend anderen Lebensmittel, und in einem Schwall purzelten Lauchzwiebeln, Kochkartoffeln, Blattspinat, Fischstäbchen, Tiefkühlnudeln und Pizzakäse vornüber.
»Ich komme!«, eilte Mutter, ohne eine Antwort abzuwarten.
Frau Bertram weinte. Einige Minuten lang weinte sie und die überforderte Mutter stand da. Holte Toilettenpapier. Umarmte. Wartete.
»Ist ja gut«, sagte sie. »Ist ja gut.« Und bekam es erzählt:

Nämlich, dass er ein Trinker war, der ganz üblen Sorte, und dass er sie wohl auch, so deutete Frau Bertram an, geschlagen hatte. Und sie war eine, die das – warum verstand Mutter beim besten Willen nicht –, ertrug.

Es war schon oft so, dass er angelobte, trocken zu werden. Er würde sich schließlich auch wünschen, dass es anders wäre. Einmal habe sie ihn zur großen Erdbeere geschickt, zum Einkaufscenter runter, um auf dem Parkplatz Spargel zu verkaufen. Sie sei selbst überrascht gewesen, dass er es gemacht habe: »Langer Tag«, habe er gesagt und sich in den Sessel geworfen. »Morgen gehe ich wieder hin, nächste Woche kriege ich den Vertrag.«

Sie habe auf der Pfanne getrommelt und mit den Zwiebeln jongliert, die sie anbriet. Sie habe vor sich hin gepfiffen und den Frühlingswind in die Fenster gelassen. Dann sei ihr ein Gedanke gekommen, nur ein Gedanke: »Du könntest mir helfen«, habe sie gesagt.

»Nein, mach nur«, habe er gesagt und sich ein Glas eingegossen.

»Nicht dein Ernst!«

»Eins! Ich geh ja morgen wieder arbeiten!«

Sie sei im Türrahmen zwischen Küche und Wohnzimmer gestanden und, ohne es bewusst zu entscheiden, habe sie den Kochlöffel gehoben und gegen die Decke geschleudert. Ob er verstehe, was er ihr damit antue, mit diesem Glas. Ob er nur die geringste Ahnung davon habe. Ob sie ihm vollkommen egal sei.

Das war die Nacht mit den blauen Lichtern.

Zwei, drei Tage nach der Beerdigung lud Mutter sie zu uns zum Essen ein. Vor unseren Augen, sprudelte es aus ihr heraus. Was sie erlitten, was sie verschenkt und was sie befürchtet hatte. Wie erschüttert sie über seinen Tod war. Wie überrascht auch, dass es weitergehen würde.

»Auf seiner Bestattung«, sagte sie, während sie in ihrer Kaffeetasse rührte, »waren fünf Menschen. Ich. Meine Freundin. Drei Saufkollegen.«

»Sagen Sie mal«, fragte Mutter, »wie geht es denn jetzt weiter?«

»Weiter?«

»Na, da fällt doch was weg, nach so einem ... Ereignis ... Irgendwie will diese Lücke schließlich gefüllt werden.«
Frau Bertram sah aus dem Fenster: »Nein. Nein, das weiß ich wirklich nicht.«
Wir sahen sie Rasen mähen. Pflanzen gießen. Möbel putzen. In ihrer Einfahrt stapelten sich Wanduhren, Fotokalender und Deutschland-Flaggen, Mini-Kühlschränke, Zeitschriftenhalter und Zigarettenstopfmaschinen. Wir durften alles nach »Brauchbarem« durchstöbern, bevor die Müllabfuhr es verlud.
Der Hausputz beschäftigte Frau Bertram lange. Zähe Flecken tauchten auf, braune und gelbe. Trockene, klebrige weiße. Als sie die kleine Kachel abnahm, die zum Abflussrohr der Dusche führte, entdeckte sie einen halbvollen Flachmann.
Es wurde warm. Der Sommer kam und sie war fertig.
Mutter sah sie im Café unseres Dorfes. Sah sie unter Schirmen, nach Feierabend Kaffee bestellen, den Gesprächen der anderen folgen, oder auch nicht. Sie kannte diese Gespräche gut: Da waren die Einwanderer, da war die Globalisierung, da war die Hauptstraße oben, wo sie jetzt Fahrradwege hinpflanzen wollten. Die halbe Spur beschlagnahmten sie dafür. Dabei fuhr doch eh kaum jemand Fahrrad.
Mutter sah sie öfter dort. Sah sie nachts, sah, wie sie lustiger wurde. Wie sie Geschichten lauschte und Vergangenheiten, lästerte über Arbeitskollegen, fluchte und spuckte auf Städter. Sah, wie sie Äppler trank.
Zuhause erlebte Mutter sie seltener. Gut für sie, dachte sie und beschloss, ihr keine Gedanken zu widmen. Sie fühlte sich erleichtert.
Sollte Frau Bertram nun allein leben lernen.
Es war Herbst, als sie ihr mitteilte, dass sie ausziehen würde.
»Wohin?«
»Zu Björn.«
»Björn Ralfschmitz?«
»Sie kennen sich?«
Mutter zögerte. Ralfschmitz war im Dorf ein Begriff. Und er bedeutete Unruhe. Stammtischprügeleien und Bier. Sie

wusste nicht, was dran war. Für Frau Bertram war der Name eine Hoffnung. Die wollte sie nicht zerstören.

»Nein, nein«, sagte sie, »nur ganz lose.«

*Sven Beck, geboren 2002, schrieb bereits als Schüler für das »Frankfurter Wochenblatt« und die »Frankfurter Rundschau« und nahm an Schreibworkshops des Jungen Literaturhauses teil. Er absolvierte die biber-Akademie für junge Journalistinnen und Journalisten mit anschließendem Praktikum bei der Tageszeitung und studiert seit 2022 am Deutschen Literaturinstitut Leipzig; ein Jahr später fing er als zweiten Bachelor Geschichte an. Er ist Preisträger des »Treffens junger Autor*innen« der Berliner Festspiele (2021) und veröffentlichte Texte in Literaturzeitschriften wie den »Literarischen Blättern« oder »etcetera« sowie in Anthologien wie »Klima X« vom VHV-Verlag. Im Herbst 2023 erschien sein erstes Theaterstück »Snowflakes« im Thomas-Sessler-Verlag.*

Jovana Eleni Engel

Prokrastinieren

In meinem Kopf fliegen Pelikane setzen zum Landeflug an
schneiden mit ihren Füßen die Wasseroberfläche und rauben
mir meine Gedanken wie Fische aus dem Meer ich atme nicht
Ich bin in den weichen kalten Sand gesunken und sehe ihnen
vom Strand aus zu wie sie meine Fische fischen

Einer landet neben mir wühlt den Sand auf ich hole Luft schlucke Sand
Im Pelikanschnabel zappelt ein Fisch sein schwarzer Körper in einem Netz
aus blassblauen Adern im Gegenlicht hellrote Haut und schwarze zappelnde
Flossen der Fisch sagt: ich sags ihnen wenn ich sie seh aber weiß dass ich
trotzdem hier liegen bleibe bis sie mich holen kommen

Dioptrien

22. November (ohne Brille)
Da sind Kunstprojekte von der Decke gehangen. Aus Gips und Gipsbinden. Die hingen an einem Faden und der Faden an einem Nagel und der Nagel war verstaubt. Das hab ich aber nur gesehen, weil ich am Fenster hochgeklettert bin.

23. November (ohne Brille)
Ich bin am Rasen vorbeigelaufen, da war ein Spiel. Ich hab mich auf den Zaun gelehnt. Mein Ärmel wurde nass, bis auf die Haut. Wasser vom Zaun ist auf meiner Hand liegen geblieben. Ich habe mich auf die Bank gesetzt. Mehr Wasser auf der Bank als am Zaun. Ich habe das Wasser in meiner Hand behalten bis ich zu Hause war.

25. November (ohne Brille)
Jemand hat aus einem Fenster zu mir auf die Straße geschaut. Ich habe zurückgeschaut, aber ich glaube, wir haben uns beide nicht erkannt, weil es schon dunkel war.

26. November (mit Brille)
Ich habe mich aufs Dach gesetzt und einen Mann beobachtet. Der Weg war herbstlich und schön und ich dachte, ihm ist bestimmt warm, dabei hatte ich gestern dieselbe Kleidung an wie er und mir war kalt.

27. November (ohne Brille)
Ich hatte keinen Hunger und dann hab ich nichts gegessen und dann hatte ich Hunger und dann hab ich was gegessen.

28. November (mit Brille)
Schade, dass die Bäume schon zur Hälfte Winter sind.

29. November (ohne Brille)
Da stand ein Eimer voller Wasser und Waschmittel und Spielzeugautos vor einem Haus. Ich habe ihn umgetreten und das Wasser ist im Matsch verschwunden.

29. November, abends (mit Brille)
Ich bin nochmal zurückgelaufen und habe von der anderen Straßenseite aus nachgesehen, ob der Eimer immer noch liegt. Er lag nicht mehr.

1. Dezember (mit Brille, ohne Brille)
Ich war beim Arzt und habe einen Test gemacht: -4 Dioptrien. Ich brauche eine andere Brille, aber ich brauche keine Brille.

2. Dezember (ohne Brille)
Die Berge schwimmen, die Glasflasche steht. Je nachdem, wo ich hinsehe. Schwimmen. Stehen.

*Jovana Eleni Engel, geboren 2006 in Halle (Saale), ist Schülerin am Evangelischen Seminar in Blaubeuren. 2022 erhielt sie den Deutschen Jugendfilmpreis und war Preisträgerin des 38. »Treffens junger Autor*innen« in Berlin.*

Tina Neumann

Gedichte

du solltest nach den kastanien kommen
mit dem salz auf den straßen
dein name stand schon an der tür
du konntest nicht warten

ich sollte lernen die zeitform zu ändern
alles wieder in kisten räumen

das fotobuch liegt noch im schrank
fünfzehn seiten bleiben weiß

ich gehe nicht mehr am spielplatz vorbei
seh dich vor mir rennen
im schatten der bäume
lasse ich die kastanien liegen

du warst acht als ich kam
nahmst mich mit

an den mattenrand in die hallen
zu rossmann ins riff zum mcdrive

bis im flur nicht mehr deine sneaker lagen
mein blick auf den leeren parkplatz fiel
ich war zehn

du magst jetzt pink keine cheeseburger mehr
auf der suche nach schnittmengen
gehe ich am friseur vorbei

an den medaillen den fotos
mit deinem pullover

auch wenn du die augen verdrehst
bin ich dein passwort geblieben

ich habe vorm spiegel lachen geübt
fremde gesehen
die augen geschlossen
und suche auf youtube vogelgezwitscher

hoffe es fragt niemand nach
weil ich den november nicht vorschieben kann
abends im zug versperrt mein bild
den blick aus dem fenster

du magst meinen schal
er lacht für mich

Tina Neumann, 2002 geboren und in Meuselwitz (Thüringen) aufgewachsen, studiert seit 2021 Psychologie an der Friedrich-Schiller-Universität in Jena. Sie war bereits von 2020 bis 2023 Preisträgerin beim Jungen Literaturforum Hessen-Thüringen. 2022 erhielt sie einen Förderpreis des Eobanus-Hessus-Schreibwettbewerbs, 2023 erschien eine Auswahl ihrer Gedichte im »Literaturboten 143«. Im Alter von acht Jahren brachte sie ihre ersten Kurzgeschichten und Gedichte zu Papier, doch seit einiger Zeit schreibt sie fast nur noch lyrische Texte.

Lilian Strub

Mittwoch, 14:37 Uhr

Mittwoch, 14:37 Uhr. Die Schiebetür geht auf, das Gebläse bildet ein Portal aus heißer Luft, durch das die Kunden in den Laden treten. Eine junge Frau mit Kinderwagen kommt eilig hereingerauscht. Sie weiß, was sie braucht, und macht sich zielstrebig auf zum Kühlregal.

Eigentlich hatte sie nicht geplant, heute einkaufen zu gehen, sie ist jetzt schon zu spät für den Arzttermin, auf den sie seit vier Monaten wartet. Doch Frank muss wieder länger bleiben. »Du verstehst das doch«, hat er gesagt, und sie hat genickt, »Natürlich, pass auf dich auf.«

Sie wird wieder allein einschlafen und Alena in die KiTa bringen, bevor er aufwacht. *Eine Familie*, was für einen schönen Klang das doch gehabt hat.

Eilig schnappt sie sich Milch und Kekse für Alena, die friedlich schläft.

Die Frau schaut auf die Uhr und flucht leise. Dann stürmt sie zur Kasse.

Ein alter Mann sieht ihr nach, seine Miene eine Mischung aus Sehnsucht und Erleichterung. Zum Glück sind die Zeiten vorbei, denkt er sich und versucht, seine Einsamkeit zu verdrängen. Er studiert das Regal mit den Konservendosen. Helga bestand auf Bio und so drängt es ihn, nach den Bio-Tomatenstücken zu greifen, doch mit einem Blick auf den Preis schreckt er zurück. Er vergleicht, versucht, die Kilopreise zu erkennen, doch das Licht flackert, die Schilder sehen aus jedem Winkel anders aus und in seinen Augenwinkeln bilden sich schon wieder diese lästigen Tränen. Er will sich vorbeugen, doch sein Rücken protestiert.

Die günstigsten Tomatendosen sind ganz unten. Der Mann seufzt. Er sieht sich um, ein junges Pärchen neben ihm streitet über Nudelsorten und der Mann greift nach einer teuren Dose, die er ohne Hilfe erreichen kann.

Er wandert weiter, beobachtet Familien, nur um schnell wegzusehen, wenn sie sich ihm zuwenden. Er denkt darü-

ber nach, was er zu Abend essen möchte, doch alles, was er vor sich sieht, ist ein leerer Tisch, schwach erleuchtet von der Energiesparlampe, und die dunkle Nacht vor dem Fenster.
Der Mann dreht sich von einer vierköpfigen Familie weg und geht zum Konservenregal zurück. Vielleicht findet er ja doch jemanden, der ihm helfen kann.
Im Gang rennt ihn beinahe ein Junge mit Einkaufswagen um.
Der Junge rast an Mehl, Öl und Keksen vorbei. *Wo ist seine Mutter?* Alle Regale sehen gleich aus und der Laden ist so riesig.
Erst hatte er gar nicht gemerkt, dass sie weg war. Er wollte den Wagen schieben – wie immer. Sie lief hinterher, dirigierte ihn und warf zwischendurch etwas in den Wagen. Und plötzlich war sie weg. Das letzte Mal, dass der Junge sie gesehen hatte, war bei den Nüssen gewesen, doch die kann er jetzt nicht wiederfinden.
Er traut sich nicht, nach ihr zu rufen. Sicher ist sie wütend, dass er einfach weitergegangen ist. Aber was, wenn er sie nicht wiederfindet? Seine Sicht verschwimmt, doch dann hört er sie: Ihre Stimme.
»Mama!«, ruft er mit erstickter Stimme. Und da steht sie, im Arm einen Salatkopf und eine Flasche Remoulade. Sie schüttelt nur den Kopf und wirft beides in den Wagen. Der Junge lässt sie den Wagen schieben und widersteht dem Drang, sich an ihrer Jacke festzuhalten. Doch er lässt seine Augen nicht von ihr weichen, während sie mit einer Mitarbeiterin redet.
Die Mitarbeiterin hat ein Namensschild: Louisa.
Sie mag es nicht, wenn Kunden ihren Namen sagen, doch das Schild gehört zum Dresscode.
Die Kundin vor ihr sucht die Zahnstocher. Alle Kunden suchen die Zahnstocher. Aber die Filialleitung hat eine Verlegung zu den Schaschlikspießen abgelehnt. Es mache im Gesamtkonzept mehr Sinn.
Louisa ist es im Prinzip egal. Aber sie kann die Frage nicht mehr hören. »Wo finde ich denn die Zahnstocher?« Sie mag es nicht, beim Namen genannt zu werden, doch wenn sie

»Fräulein« genannt wird, läuft ihr ein kalter Schauer den Rücken runter.
Louisa erklärt der Kundin geduldig, wo die Zahnstocher sind, und eilt dann zu Kasse 4.
Sie bahnt sich einen Weg durch die Schlange an Kasse 3. Ein Kunde pöbelt sie an, ob man denn nicht langsam eine neue Kasse aufmachen würde.
Louisa antwortet nicht und zwängt sich hinter die Kasse. Wenigstens kann sie jetzt sitzen.
»Sie können auch zu mir kommen«, ruft sie und die anderen Schlangen lösen sich in Chaos auf.
Ein Kürbis, drei Tomaten, eine Schale Champignons, Milch, Sahne, Hähnchen, Tiefkühlbohnen. Die Kundin zahlt mit Karte.
Ein Kilo Mehl, ein Kilo Zucker, drei Packungen H-Milch, Butter, ein Leergutbon. Der Kunde sucht nach dem passenden Centbetrag. Dann zahlt er doch mit einem Zweihundert-Euro-Schein. Das Rückgeld fällt ihm auf den Boden.
Lauch, Salz, Tomatenmark ... Louisa schließt kurz die Augen.
Sie wirft einen Blick hoch zum Sicherheitsspiegel. Zwei Jungen stehen kichernd hinter ihr in der Weinabteilung.
Einer der beiden hat schon mal Wodka probiert. Er bläst sich auf und der andere Junge sieht sich suchend nach einem Alkohol um, den er auch mal probiert haben könnte. Sein Vater trinkt Rum. Vielleicht kann er das sagen? Schnell erzählt er, dass ihm ein Nachbar mal Rum gekauft hat.
Daraufhin legt sein Freund einen nach. Rum, das ist lahm. Er hat alle Whiskys seiner Mutter durchprobiert und sich danach übergeben.
Beide sind sich nicht sicher, ob Whisky oder Rum härter ist.
»Hast du eigentlich Geld dabei?«, fragt einer der Jungen, der andere schüttelt den Kopf. Sie drehen sich um und gehen durch die Süßigkeitenabteilung zum Ausgang zurück. Dabei lassen sie ein paar Schokoriegel in ihre Jackentaschen gleiten.
Ein Mann in Anzug sieht ihnen nach. Er denkt an das eine Mal, als er beim Klauen erwischt wurde. Dann versucht er, sich abzulenken. Er hat noch einen langen Tag vor sich:

Videokonferenz, Besuch im Altenheim und dann das Date. Es ist das vierte Date mit Robin und er hat es endlich geschafft, ein Abendessen bei sich zu Hause zu arrangieren. Es muss alles perfekt laufen, aber jetzt steht er vor dem Gewürzregal und der Kurkuma ist ausverkauft.
Der Mann spürt den ersten Anflug von Panik und zieht mit zitternden Händen sein Handy aus der Manteltasche. Am liebsten würde er schnell zu seinem Auto zurück und Nina in Ruhe anrufen, aber sein Einkaufskorb ist schon voll und erst zu bezahlen schafft er nicht.
Er klammert sich an sein Handy. Nina geht beim zweiten Klingeln dran. Sofort kommt ihre beruhigende Stimme aus dem Lautsprecher.
Er atmet tief durch, sie zählt mit ihm und erzählt ihm eine Geschichte von der Arbeit. Er lächelt leicht und sein Herzschlag beruhigt sich.
Mit Nina macht er einen Plan, wie er den Abend ohne Kurkuma überwältigen kann. Dann legt er auf. Er fühlt sich grauenhaft. Sicher will sich Robin nicht mit so einem riesigen Paket an unnötigen Ängsten und Sorgen belasten. Warum gibt er sich überhaupt noch Mühe, wenn es am Ende sowieso umsonst sein wird?
Der Mann schüttelt den Kopf, als könne er die schlechten Gedanken damit vertreiben, und stakst an einem Mitarbeiter vorbei, der gerade ein Regal einräumt.
Auf dem Namensschild des Mitarbeiters steht René, aber das ist nicht sein Name. Er rückt die Instantnudeln zurecht und macht sich dann auf zum Lager.
Trotz der Kälte schiebt er die schwere Metalltür auf und tritt auf den Hinterhof. Er zündet sich eine Zigarette an und blickt geradeaus auf die kahle Hecke, hinter der er das Schild der Bushaltestelle erkennen kann. Eine alte Frau steht neben dem Schild, in jeder Hand eine Tüte mit dem Supermarkt-Logo darauf.
Sie fragt sich, seit wann es an der Haltestelle keine Bank mehr gibt und wann der Fahrplan geändert wurde. Sie war sich sicher, dass der Bus um 12 nach kommt, doch nun ist es 19 nach und sie steht immer noch hier.
Und dann fallen die ersten Schneeflocken. Die Frau lächelt

und schwelgt in Erinnerungen an eine Zeit, in der der erste Schnee besser als jeder Feiertag war. Und sie nimmt sich vor, ihre Tochter anzurufen, wenn sie nach Hause kommt.

*Lilian Strub (*2002) ist in Frankfurt geboren und aufgewachsen. 2022 absolvierte sie ihr Abitur und war im darauffolgenden Jahr zum ersten Mal Preisträgerin beim Jungen Literaturforum Hessen-Thüringen. Seit Oktober 2023 studiert sie Allgemeine Sprachwissenschaften und Koreanistik.*

Jules Thiel

Silvester

Als ich aufwache, ist es leider immer noch 2019. Mein Handydisplay, viel zu hell für meine müden Augen, zeigt, dass es gerade erst neun Uhr abends ist. Ich hatte irgendwie gehofft, dass ich bis ins neue Jahr schlafe. Obwohl, ehrlich gesagt habe ich auch keine große Lust auf 2020. Ich könnte doch eigentlich einfach weiterschlafen. Es ist viel zu warm auf dem Sofa, um nicht müde zu sein.

Durch die Glastür zum Flur höre ich das laute Geschrei und Gelächter meiner Freunde und überlege, wie lange ich noch so tun kann, als ob ich schlafe. Während ich meine Augen wieder schließe, denke ich, noch fünf Minuten. Nur noch fünf Minuten.

»Hey, Fi.« Nicht mal fünf Minuten kriegt man hier. Das Land geht vor die Hunde. Stöhnend öffne ich meine Augen und blicke hoch in das amüsierte Gesicht von Giovanna. Ihre dunklen Haare hängen über ihre Schultern und, da sie sich leicht über das Sofa beugt, in mein Gesicht.

»Wir gehen noch mal kurz zu Aldi, willste mit?«

Ich puste ihre Haare von meiner Nase weg und setzte mich langsam auf. Die Präsenz meiner Freunde im Flur ergibt plötzlich mehr Sinn. Giovanna grinst mich an, als ich seufze, ihre Hand ausgestreckt. Sie hat schon Jacke und Schuhe an, beides ein tiefes Schwarz.

Obwohl ich immer noch ein bisschen gerädert bin, nehme ich natürlich trotzdem ihre Hand. Ihre Finger sind kalt wie immer – endlich mal auf eine angenehme Art, mir ist so warm.

Giovanna lächelt in meine Richtung, ihre Augen noch dunkler als sonst im gedimmten Licht des Wohnzimmers, und jetzt bringt auch die Temperatur ihrer Hand nichts mehr. Mir ist wärmer als eben noch auf dem Sofa.

Das Jubeln der Wartenden begrüßt uns, als Giovanna die Tür öffnet. Jemand schmeißt mir meine Jacke entgegen und ruft »Sie lebt!«, meiner Meinung nach viel zu laut. Aus

einer Box irgendwo läuft CRO, was die ganze Angelegenheit leicht verschlimmert.
Ich versuche gleichzeitig, nicht zu müde auszusehen, während ich meine Jacke anziehe und meine Freunde mit einem »Ja, ja, lass gehen« zu beschwichtigen. Lisa kommt angesprungen und hakt sich sofort bei mir ein. Fede wartet an der Tür auf uns und nimmt meinen anderen Arm.
Giovanna verliere ich in dem Chaos. Hoffentlich kann ich so tun, als ob mich das nicht zu sehr aus der Bahn wirft, oder wenigstens, dass Lisas und Fedes Präsenz den Verlust wettmacht. Ich weiß nicht, ob es mir gelingt.
Der Weg von Fedes Haus zu Aldi ist mittlerweile so bekannt, dass wir ihn auch im Dunkeln und leicht angetrunken finden. Ende Dezember ist er größtenteils Matsch – Fede wohnt gerade so am Anfang der Zivilisation, halb im Wald und halb auf einer kaum gepflasterten Straße. Es ist der perfekte Ort für Partys im Sommer, abgelegen, aber nah genug am nächsten Supermarkt, doch als ich spüre, wie meine Doc Martens halb in einer Pfütze versinken, frage ich mich, wieso wir hier Silvester feiern wollten.
Ich glaub, ich bin die Einzige, die heute noch nichts getrunken hat, was wahrscheinlich daran liegt, dass ich um die zwei Stunden geschlafen habe. Lisa redet neben mir ohne Punkt und Komma, fast schreiend informiert sie mich, dass »– dann hat Levi einfach das Bier umgeworfen, ist fast auf mein Kleid! Jetzt hab ich Socken von Fede und die sind so groß, ich rutsch voll in denen rum!«
Fede schnaubt, sehr viel ruhiger. Anscheinend hat sie noch nicht so viel getrunken. Sie umklammert meinen Arm so doll, dass es fast wehtut und ich spüren kann, wie sehr sie zittert. Seit Monaten versuche ich sie dazu zu bewegen, eine richtige Winterjacke zu kaufen, doch sie hört nicht auf mich. »Ich bin nicht wirklich größer als du, ich glaub, du hast die falschen Schuhe an.«
Lisa schaut an sich runter. Ich versuche nicht zu stolpern, während sie mitten auf dem Weg stehen bleibt und einen Fuß nach dem anderem hebt. Ich spüre förmlich, wie ihr Gehirn rattert, als sie die schwarz-weißen Converse anschaut, leicht braun vom Matsch und im Licht. Die nächste

Straßenlaterne ist fünf Meter weg und flackert gefährlich – ich bin mir ziemlich sicher, dass sie ihren Geist noch vor 2020 aufgibt.

»Oh mein Gott«, sagt Lisa neben mir schockiert. Dann fängt sie an zu kichern und, bevor ich sie halten kann, rennt sie schreiend weg. »Levi! Ich hab deine Schuhe!«

»Elisabeth!«, ruft Fede, doch macht keine Anstalt, hinterherzurennen. Stattdessen seufzt sie und fängt wieder an zu laufen. Die Gruppe vor uns pausiert kurz, als Lisa sich ihnen nähert. Ein Schwall schrecklicher Musik kommt uns entfernt entgegen und ich bin plötzlich sehr froh, dass wir nicht mit den anderen laufen. Eine einzelne dunkle Gestalt separiert sich und wartet auf uns im Lichtkegel.

Fede seufzt. »Wir hätten die ganzen Jungs nicht einladen sollen. Wie soll ich diese Musik die ganze Nacht überleben?«

Ich versuche, einen Stein aus dem Weg zu treten, und verfehle spektakulär. »Hoffentlich kriegen wir irgendwann Zugriff auf die Box. Sonst schaff ich es nicht bis 2020, glaub ich.«

Wir nähern uns der Figur – Giovanna grinst uns entgegen, ihr Atem weiß und wolkig vor ihr. Mir fällt auf, dass ihre Mütze zu ihrem Lidschatten und ihren Nägeln passt – alles in dem Grünton, den alle so wunderschön an ihr finden. Als ob nicht eh alle alles an ihr schön finden würden.

»Hatte keinen Bock mehr auf Malle-Musik«, sagt sie und hakt sich bei mir ein. Nichts gegen Lisa, aber ich hab Giovanna sehr viel lieber hier als sie. Fede nickt weise. »Habt ihr was Besseres?«

»Sofie doch immer. Handy?« Sie schauen mich beide erwartungsvoll an. Ich unterdrücke einen Seufzer und lasse Giovanna kurz los, um mein Handy aus meiner Jackentasche zu kramen. Grellweiß scheint es mir entgegen und ich überlege, wann ich Zuständige für Musik geworden bin. Vor ein paar Wochen war es noch Fede.

Spotify Shuffle schlägt The Smiths vor, was ich etwas depressiv für Silvester finde, doch als ich das Lied überspringen will, schlagen Giovanna und Fede meine Hand weg. Fede klaut mein Handy, bevor ich protestieren kann,

und umklammert es mit einem Grinsen genauso fest wie meinen Arm zuvor.
»Wie kannst du nur? Passt doch perfekt.« Giovanna lacht, lauter und viel schöner als Morrisseys Geheule.
»Wir sind doch gleich da«, erwidere ich leiser. Ich sehe schon die Hauptstraße und wie unsere Freunde grölen, als ein Auto an ihnen vorbeifährt. Ein paar heben ihre Bierdosen.
»Na und?« Giovanna zuckt mit den Schultern, so, dass ich ihre Bewegung auch spüre und sie fester halte. Sie lächelt mich bloß an. »Es ist Neujahr. Wir können machen, was wir wollen.«
Das Licht der Laterne, unter der wir stehen, fällt auf ihre Jacke, Wangen, Augen, lässt alles golden aussehen. Dezember ist immer kalt und grau und eklig, doch Giovanna ist einfach – einfach *lieblich* in diesem Moment. Die Dunkelheit lässt alles unscharf und abgerundet wirken, die Nacht liegt über uns wie ein Filter.
Doch wir schwimmen immer noch in Licht, Licht, das sich über uns ergießt wie Sirup, schwer und golden und süß. Es bemalt sie wie eine Statue, hell gegen den dunklen Hintergrund. Wie ein Heiligenschein umhüllt ihr Atem sie, angestrahlt und schnell wieder verschwunden.
Sie ist wunderschön, hier, jetzt, ihre Stiefel im matschigen Boden versinkend, Zehenspitzen ein paar Zentimeter vor meinen Docs, um kurz vor zehn am letzten Tag des Jahres, The Smiths' Gedudel in meine Armbeuge gepresst. Sie ist wunderschön hier und jetzt und sonst auch immer und ich schaue sie an und denke, ja. Ich kann ihr nur atemlos zustimmen, denn ja, natürlich können wir machen, was wir wollen. Was sie will.
»Na, Gio«, Fedes Stimme reißt mich endlich aus meinen Gedanken. »Da hast du wohl recht.« Ich spüre Giovannas Hand in meiner, als wir weitergehen, mein Herz laut in meinen Ohren.
Ich lächle. Vielleicht wird 2020 doch gut.

Jules Thiel, geboren 2006 in Frankfurt am Main, besucht die 11. Klasse des Gymnasiums Oberursel. Deren Interesse an Lesen und Schreiben wurde bereits in der Grundschule, die einen großen Fokus auf Literatur gelegt hatte, geweckt.

3. Preis

Carlotta Giordano

Ende eines Sommers

Eigentlich fing alles schon viel früher an. Nämlich schon vor ein paar Monaten, als Bela Josi zum ersten Mal sah und sich direkt in sie verliebte. Er stieß mich damals an und deutete auf ihren Hintern. »Guck dir die mal an«, raunte er mir ins Ohr und ich zuckte mit den Schultern und nickte und starrte ihren Po an.

Jetzt, etwa zwei, drei Monate später sind wir auf dem Weg von der Schule nach Hause. Es ist ein Mittwoch im September, aber es fühlt sich an wie Mitte Juli. Die Sonne prallt auf uns runter und wir laufen schweigend nebeneinander her, jeder mit seinen eigenen Gedanken beschäftigt. Ich frage mich, woran Bela denkt. An die Schule? Oder an Josi? An ihre hellblauen Augen und die schwarzen langen Haare? Bestimmt überlegt er, wie er jetzt endgültig und ganz offiziell mit ihr zusammenkommen kann.

»Hast du Geld dabei?« Bela reißt mich aus meinen Gedanken.

»Keine Ahnung«, sage ich und krame in meiner Hosentasche, bis ich das weiche Papier eines Zehn-Euro-Scheines fühle. Kurz überlege ich, ob ich einfach so tun soll, als hätte ich keines dabei. Geld, das man Bela leiht, bekommt man nämlich oft nicht wieder. Für ihn spielt es keine große Rolle und diejenigen, die ihre Schulden zurückverlangen, sind alle Almans und Spießer.

Also ziehe ich den Schein dann doch aus meiner Tasche.

»Korrekt Mann«, sagt Bela und boxt mir gegen den Arm.

»Pfff«, mache ich und boxe zurück.

Bela hält meinen Arm fest, dreht ihn mir auf den Rücken und nimmt mich in den Schwitzkasten. Ich keuche. »Du bist so ein Lieber«, sagt er, schrubbelt mir mit der Faust über den Kopf, lässt mich los und lacht. Ich grinse und folge ihm zum Kiosk. Er tritt an das kleine Häuschen und deutet auf die Wand mit den Zigarettenschachteln.

»Egal welche«, brummt er und der Verkäufer nickt. Ihm ist

es egal, wie alt Bela ist, und so wechseln die Schachtel und das Geld den Besitzer. Ich sehe meinen zehn Euro nach, wie sie unter dem Tresen in der Kasse verschwinden.
Beim Betrachten des fleischigen Schockbildes auf der Schachtel läuft mir ein Schauer über den Rücken. Ich überlege, ob es Bela damit genauso geht, doch der hebt die Schachtel bloß in die Luft und ruft den anderen zu: »Leute, ich hab uns was mitgebracht!«
Die anderen, das sind Linus, Silas, Josi, Kian und Siena. Sie sitzen auf einer Tischtennisplatte am Rande des Spielplatzes. »Super!«, ruft Josi zurück und Belas Schritte beschleunigen sich.
Wir hocken uns zwischen die anderen auf die Platte, wobei Bela neben Josi landet und ich zwischen Silas und Siena. Ich starre die beiden an. Die Sonne brennt uns Löcher in die Köpfe und das Red Bull schmeckt nach flüssigen Gummibärchen. Aus einer Box wummern leise Bässe, die die heiße Luft in sanfte Schwingungen versetzen. Ich mustere Josi, die ihre Haare zu einem lockeren Knoten im Nacken gebunden hat. Ihre Augen und die porösen Lippen, die sich gerade um das Ende einer Zigarette schließen. Sie zieht daran und stößt den Rauch aus, der sich in leichten Schwaden vor ihr Gesicht legt.
»Machst du?« Silas stößt mich an und reicht mir seine Zigarette. Eigentlich rauche ich nicht und das wissen sie auch. Und trotzdem blicken sie mich halb erwartungsvoll, halb gelangweilt an. Ich nehme Silas die Zigarette ab. Mein Blick fällt wieder auf Josi und Bela, die inzwischen ziemlich eng nebeneinander sitzen. Und dann nehme ich einen Zug. Der Rauch schießt in meine Lunge und ich muss husten. Die anderen lachen und während ich das Gefühl habe, gleich kotzen zu müssen, lache ich mit.

Zwei Tage später bekomme ich nachmittags eine Nachricht von Bela: »Wir treffen uns heute Abend mit den anderen beim Goethe.« »Okay«, schreibe ich zurück.
Das Goethe-Denkmal liegt etwas außerhalb in der Nähe eines Wanderwegs, der in den Stadtwald führt. Daneben ist eine kleine Wiese mit metallenen Sportgeräten für diejenigen,

die sich den Monatsbeitrag fürs Gym nicht leisten können. Als Bela und ich ankommen, werden wir mit lauter Musik aus Kians Box empfangen. Anders als die Tage zuvor ist die Luft am Abend nicht mehr ganz so heiß und stickig. Bacardi und Wein machen die Runde, Handylichter gehen an und es wird getanzt und mitgesungen. Siena gibt sich gleich die Kante und hängt schon um elf mit dem Kopf im Gebüsch.
Ich lasse mich auf einer Hantelbank nieder und blicke in den Himmel. Mein Kopf dreht sich und die Sterne verschwimmen vor meinen Augen. Mit dem rechten Fuß wippe ich zum Takt der Musik und schlafe fast ein, als ich ein lautes Klirren höre. Dann ein Grölen. Ist das Bela gewesen? Ein betrunkenes Kichern. Josi? Ich setze mich so ruckartig auf, dass mir fast schwarz vor Augen wird.
Die anderen stehen ein paar Meter entfernt vor dem Goethe-Denkmal und lachen. Mir ist nicht ganz klar, was sie dort machen, und eigentlich will ich es auch gar nicht wissen. Will nichts mitbekommen, was mich irgendwie in Schwierigkeiten bringen kann. Und trotzdem stehe ich langsam auf und gehe auf sie zu.
Es kracht ein zweites Mal und diesmal erkenne ich, wie eine Bierflasche an Goethes Kopf zersplittert. Erneutes Jubeln. Mein Herzschlag beschleunigt sich.
Wieder bückt sich Bela und wirft eine Flasche gegen das Denkmal. Josi applaudiert, reißt die Arme in die Luft und tanzt um ihn herum. Er lacht, hält sie fest und zieht sie nah zu sich heran. Mir wird ganz schlecht.
»Ey, probier auch mal!«, ruft Linus und deutet auf die Flasche Bacardi, die ich immer noch in der Hand halte. Zögerlich trete ich bis vor ein paar Meter an Goethe heran und schaue zu ihm auf. In meinem Rücken die Blicke der anderen. Ich bin also der Nächste, der werfen soll. Mir ist immer noch schlecht und ein ganzer Ziegelstein sitzt als fetter Kloß in meinem Hals fest.
Ich drehe mich noch einmal kurz um. Bela hat sich hinter Josi gestellt und seine Arme um sie geschlungen. Sie blickt verliebt zu ihm hoch und er grinst mich an. Das gibt mir den Rest. Ich reiße den Deckel von der Flasche und stürze mir das pappige Zeug in den Mund. Es brennt wie Feuer.

Ich keuche und spucke, als in der Ferne plötzlich immer lauter werdende Sirenen zu hören sind.
»Scheiße!«, ruft irgendjemand, als ein Polizeiauto auf der Wiese hält. Zwei Beamte steigen aus und kommen auf uns zu. Sie halten Taschenlampen in den Händen und leuchten damit gegen unsere Beine, während das blaue Licht der Streifenwagen über unsere erstarrten Gesichter zuckt.
»So, was ist das hier?«, bellt der eine.
»Gar nichts.« Bela hat den Arm schützend um Josi gelegt.
»Wir haben gesehen, dass ihr hier Flaschen gegen das Denkmal geworfen habt.«
Keiner sagt etwas.
»Ich hätte gerne von jedem einmal den Ausweis bitte«, mahnt der zweite Polizist.
»Gar nichts machen wir!«, schreit Bela wieder. Viel zu laut und viel zu aggressiv. »Hier macht keiner von euch was!«
Bela schaut uns mit seinen glasigen Augen an. Ich halte seinem Blick stand und der Kloß in meinem Hals wird noch größer. »Du bist doch echt zum Kotzen«, murmle ich, spucke auf den Boden und gehe dann auf die Beamten zu.
»Du kleiner Wichser!«, hallt Belas Stimme in meinem Kopf nach, aber ich reagiere nicht.

Carlotta Christel Giordano, geboren 2005 in Frankfurt am Main, besucht den Gymnasialzweig der Heinrich-Böll-Gesamtschule.

Carolin Görlach

Lieber Oskar

Lieber Oskar,

ich habe die Schwere. Heute Morgen bin ich aufgewacht und ich konnte es fühlen, bevor ich meine Augen geöffnet habe. Ich bin liegen geblieben, habe die Augen geschlossen gehalten und tief geatmet. Die Schwere sitzt in meinem Bauch, wenn ich mit der Hand über ihn fahre, kann ich sie fühlen. Sie ist vielleicht so groß wie eine Faust, ich kann es nicht genau sagen, auf jeden Fall ist sie schwer, viel schwerer als sonst.
Es hat alles nichts genützt, das Liegenbleiben nicht, das Augenzuhalten nicht, das Bauchstreicheln nicht. Nicht das Aufstehen und Fensteröffnen, das Wasserkochen, der blaue Himmel oder die grünen Bäume vor dem Fenster. Die Schwere sitzt tief.

Heute ist mein freier Tag, ich laufe gekrümmt durch meine Wohnung.
Unterm Dach staut sich die Luft.
Meine Hand liegt auf meinem Bauch wie die Hand einer schwangeren Frau.

Oskar, in meinem Fenster sitzt ein Vogel. Er saß da, als ich aus dem Bad kam, ich dachte, vielleicht kann ich die Schwere abwaschen. In Büchern sprechen sie davon, sich den Tag oder den Ekel oder den Schmerz von der Haut zu waschen, aber das funktioniert in der Realität so nicht. Die Schwere und ich sind also aus dem Bad gekommen, wir rochen nach Lavendel, und da saß ein Vogel im geöffneten Fenster. Es sah aus wie ein Stillleben: der hölzerne Rahmen und die Frühlingsbäume, der Vogel im Profil. Was macht man, wenn ein Vogel auf dem Fenster-

brett sitzt? Man bleibt stehen und rührt sich nicht. Ich habe gewartet, aber der Vogel blieb sitzen. Ich stand in der Mitte meines Raumes, in ein Handtuch gewickelt und das Wasser tropfte mir aus den Haarspitzen auf den Boden. Er saß noch immer, als mir die Schwere zu schwer wurde und ich sie nicht mehr tragen konnte. Langsam, ganz langsam, ging ich in die Knie, breitete das Handtuch auf dem Boden aus, legte mich auf den Rücken. Wie eine Strandbesucherin lag ich auf meinem Handtuch, nackt und mit nassen Haaren und nach Lavendel riechend und im Fenster saß ein Vogel.

Ich liege auf meinem Boden und lese Gedichte von Hilde Domin, ich glaube, sie war vielleicht die klügste Frau, die es gegeben hat. Heute gefallen mir diese Zeilen besonders:

Losgelöst / treibt ein Wort / Auf dem Wasser der Zeit

Wärst du geboren worden, würdest du eines Tages gefragt werden, mit welcher berühmten Persönlichkeit, noch lebend oder schon tot, du dich gerne einmal unterhalten würdest. Ich wurde das schon oft gefragt, es ist eine Frage, die einem alle paar Jahre einmal gestellt wird und die selten in einem interessanten Gespräch mündet. Heute Morgen denke ich darüber nach und komme zu dem Entschluss: Vielleicht würde ich sie wählen. Vielleicht würde ich Hilde Domin einladen, ich würde ihr Fragen stellen über ihre Gedichte und was sie macht, wenn sie morgens aufwacht und die Schwere hat.

Der Vogel ist ein Sperling, das sagt zumindest mein Nachschlagwerk, es lag ganz unten in meinem Buchregal und ich habe es noch nie benutzt. Nachdem ich Gedichte gelesen habe, habe ich mich getraut, noch ein zweites Mal zum Regal zu gehen, es ist schon nach Mittag und der Sperling sitzt noch immer in meinem Fenster. Sperlinge scheinen keine wichtigen Vögel zu sein, denn sie haben keine besondere spirituelle Bedeutung.

Der Sperling sitzt so hartnäckig in meinem Fenster wie die Schwere in meinem Bauch.

Ich wünschte, du lägst neben mir.

In Liebe, Rita.

Lieber Oskar,

ich schreibe dir, um zu sagen: Ich fühle mich leicht. Ich bin in Rom, die ganze Nacht saß ich im Bus und bin erst über die Alpen und dann auf italienischen Autobahnen gefahren. Die ältere Dame auf dem Sitz vor mir hat kurz nach der deutsch-schweizerischen Grenze ihre Rückenlehne nach hinten geklappt und sie lag dort wie eine Frau, die im Friseursalon die Haare gewaschen bekommt, mit ihrem Hinterkopf fast in meinem Schoß. Ich habe versucht, mich auf mein Kreuzworträtsel zu konzentrieren, ich wäre lieber mit meinem Kugelschreiber ihren Scheitel nachgefahren.

Wir sind heute Morgen in Rom angekommen, der Bus hat außerhalb der Stadt auf einem Platz gehalten, die Sonne war gerade aufgegangen und auf dem Weg ins Zentrum habe ich schon die ersten Tagestouristen gesehen. Entschlossen sind sie die Straße entlanggelaufen, immer der Navigationsstimme ihres Telefons nach, und ich habe mir vorgestellt, wie ihre Wandersandalen sie heute durch diese Stadt aus alten Steinen tragen, durchs Kolosseum und von dort in den Petersdom.

Ich sitze derweil in meinem Hotelzimmer, es ist mediterran gestaltet mit Steinen und Mosaik und Olivenbäumen und wenn ich aus dem Fenster sehe, blicke ich auf eine schmale Straße mit Obstständen und Souvenirläden und hinten der Tiber.

Ich sitze in einem Land, in dem der Boden zu heiß ist, um barfuß zu laufen, und in dem Orangen an Bäumen wachsen und die Schwere ist mir nicht nach Italien gefolgt, vielleicht mag sie die Hitze nicht, jedenfalls geht es mir hier gut.

Oskar, ich möchte dir noch sagen, dass der Sperling einen Tag und eine Nacht in meinem Fenster saß. Am nächsten Morgen, ich habe gerade einen Pfirsich aufgeschnitten, flog er davon.

Ich sitze in einem Vorort von Rom, er nennt sich Albano, es gibt hier auch einen See. Ich trinke einen Espresso und die nette Bedienung hat mich zunächst auf Italienisch angesprochen.

Ich denke nach, wie alt du jetzt wärst und was wir wohl gerade machen würden, wenn

Es geht mir nicht schlecht und es wird mir nicht schwer, während ich darüber nachdenke und in der dicken italienischen Luft sitze, die Erkenntnis erleichtert mich.

Ein irischer Mann hat mich angesprochen und er sah genau wie einer aus: Mit einer hellen, gläsernen Haut, ungesund geröteten Oberarmen, rötlichem Haar und einem breiten Kreuz. Wir sind zurück ins Stadtzentrum spaziert und er hat mir in einem rustikalen Englisch von seinem Leben erzählt: Er ist Lehrer und wenn er eine Klasse zum ersten Mal unterrichtet, dann zählt er als Erstes still die Linkshänder.

Rom bei Nacht ist schön.

In Liebe, Rita

Lieber Oskar,

ich fühle mich – glücklich? Ich sitze mit Tibor, dem Iren, der doch gar nicht so irisch ist, denn er hat eine ungarische Mutter, in weißen Plastikstühlen auf einer großen, gefliesten Terrasse. Wir haben fast drei Monate miteinander verbracht und komischerweise sind wir uns immer noch fremd, denn wir haben seit der Nacht, in der wir uns kennenlernten und gemeinsam spazieren gegangen sind, nicht mehr viel miteinander gesprochen. Als er mich an meinem Hotel absetzte, dachte ich nicht, dass ich ihn wiedersehe. Zwei Tage später haben wir durch Zufall die gleiche Messe besucht. Er nickte mir zur Begrüßung zu und setzte sich neben mich und wir atmeten gemeinsam den Weihrauch ein und saßen auch noch lange nach dem Gottesdienst in den Kirchbänken und blickten stumm den gekreuzigten Jesus an.

Tibor hat mich gefragt, ob wir nicht den Sommer hier verbringen wollen und mit hier meinte er den Süden und mit wir meinte er uns, nicht unbedingt als Freunde, nur eben gemeinsam, und ich sagte ja.

Im Zug nach Pisa saß sich ein Pärchen in einem Vierersitz gegenüber. Sie trugen beide Hemden mit Elefanten-Mustern, er massierte ihre nackten Füße in seinem Schoß. Ansonsten war die Aussicht schön, viele warme Gelbtöne, wenn man aus dem Fenster sah.

Nächste Woche geht Tibor zurück nach Ungarn und danach nach Venezuela. Ich habe mich noch nicht entschieden, wohin ich gehe, aber ich denke, zu leben wie Tibor tut mir gerade gut: Zu jeder Zeit an jedem Ort allein, aber glücklich sein können.

Wie lange noch, bis die Schwere wiederkommt? Sag du's mir.

In Liebe, Rita

Carolin Görlach, 2000 in Gießen geboren, studierte Lehramt in Leipzig. 2021, 2022 und 2023 war sie jeweils Preisträgerin des OVAG-Jugend-Literaturpreises. Ihre Sieger-Texte »Und mit mir die Welt«, »Drei Jahre nach« und »Dem Himmel eine Stunde« erschienen in der jeweiligen Begleitanthologie »Gesammelte Werke«.

Franziska Höhn // Jane Stone

Leitung

Irgendetwas habe ich vergessen. Ein Gefühl hallt nach, aber was war es noch mal? Der Rollladen ist unten. Ich sitze auf dem Boden meines Kinderzimmers, ein nostalgischer Song in den Ohren, und schaue mir Fotoalben an. Mädchen in Kommunionskleidern. Männer in Wehrmachtsuniformen. Ein kupierter Boxer. Uroma – auch noch im Alter fotogen – liest Zeitung am Küchentisch. Ein Schnappschuss, bei dem sich jemand die Mühe gemacht hat, ihn entwickeln zu lassen. Hunderte Zufallsmomente in meinen Händen.

Ich glaube, die Nase habe ich von Opa. Er könnte jeder dunkelhaarige Mann sein. Ich muss Gesichtszüge und Brillengestelle vergleichen. Hin und wieder taucht er in einem Foto auf, nur um prompt wieder zu entschwinden. Plötzlich starrt mich mein unvorteilhaftes Porträtfoto an, das immer auf Omas Nachttisch stand. Es ist wie in einem Terrarium einen fremden Organismus zu erblicken.

Grade ist die Musik besonders gut. Ich könnte schwören, dass ich diesen Song noch nie gehört habe. Wann habe ich ihn zu meiner Playlist hinzugefügt? Irgendwann muss ich mir wohl gedacht haben, dass ich ihn in der Zukunft hören will. Danke für die Vorsorge. Mein Klingelton pausiert die Wiedergabe. Mich rufen immer nur Trickbetrüger an, trotzdem gehe ich jedes Mal ran: »Hoffmann.«

Ein schwaches Stimmchen antwortet.

»Tante Marlene, wegen dem Weihnachtsgeschenk –«

»Bitte was?«

Am Telefon werde ich immer mit meiner Mutter verwechselt. Ähnlichkeiten zu meiner Tante sind mir neu.

Nervös erhebt sich das Stimmchen noch mal: »Hallo?«

Und da kapiere ich es. Diese Stimme findet man nur in alten Sprachnachrichten. Ich kann sie nicht aus dem echten Leben kennen. Mein Schädelknochen senkt die Schallwellen, bevor sie in meinem Gehirn ankommen. Ich telefoniere grade mit mir selbst.

Jeden Moment drücke ich weg.
»Antonia, warte!«
Mich bei meinem eigenen Namen zu rufen, ist eine neue Erfahrung.
»Tante Marlene?«
Jeden Moment drückt sie weg. Denk schnell. Um meinem Verdacht nachzugehen:
»Welches Jahr haben wir?«

»Äh … 2015?«
Das Universum hat einen Wackelkontakt. Nutze die Chance. Komm schon.
»Ich bin nicht Tante Marlene. Nicht auflegen! Ich bin du aus der Zukunft, Antonia.« Ich liefere direkt den Beweis: »Du hast auf der Busfahrt bei der Skifreizeit deine Periode bekommen und für den Rest des Tages haben alle gedacht, dass du dir –«
»Es reicht! Ich glaube dir! Bitte hör auf!«, fleht Antonia.
»Entschuldigung.«
Das Schmunzeln kommt mir einfach. Ich bin an diese Erinnerung gewöhnt. Für die junge Antonia ist sie noch frisch.
»Du bist also … ich. Welches … Jahr?«
Die Worte wackeln auf ihrer Zunge. Ein leerer Akku oder ein Funkloch und dieses Gespräch ist nur eine Halluzination. Meine Beine sind eingeschlafen.
»2024.«
Ein Jahr, an das ich damals noch keinen einzigen Gedanken verschwendet habe. Du denkst nicht an die Zwanziger in den Zehnern. Jahreszahlen, Alterszahlen, kommt beim Geburtsjahr 1999 aufs Gleiche hinaus.
»Was sollen wir tun?«, will Antonia unbedingt von mir wissen.
»Wir haben schon dutzende dieser Filme gesehen. Nein, ich habe dutzende dieser Filme gesehen, du nur *Butterfly Effect.*«
Stille auf ihrer Seite der Leitung. Also testen wir es auf die direkte Art: »Hast du einen Kugelschreiber?«
»Ja.«
»Schreib irgendetwas unter den Schreibtisch. Richtig fest. Zieh es nach.«

Eine berechtigte Frage: »Du lebst noch bei unseren Eltern?« Ich bin weder Millionär noch Preisträger noch ein Freigeist aus der Parfümwerbung. Das Studium hört einfach nicht auf. Ich kann mich bloß enttäuschen, also fordere ich: »Mach einfach.«
Und da erscheint in meiner klobigen Jugendhandschrift »Antonia war hier« auf dem Vinylboden, der nur leise ist, wenn man auf Zehenspitzen geht.
»Wir haben die Zukunft verändert!«
»Scheiße, ernsthaft? Was wird passieren? Was kann ich tun? Was soll ich tun?«
Der Lautsprecher meines Handys kommt mit ihrem Elan nicht mit. War der Schrank schon immer in der Ecke? Egal, jetzt stehen uns alle Möglichkeiten der Vergangenheit offen. Mir kommt als Erstes: »Sag Oma, dass du sie liebst. Sie wird sich kein Hörgerät aufreden lassen, also sag es mehrfach. Frag sie danach, wie sie Opa kennengelernt hat. Wo er herkommt. Frag sie noch nach ihren Geschwistern, damit du weißt, wer all die Leute in den Fotoalben sind, die du nach ihrem Tod mitnimmst.«
Ich erwähne nicht das Gefühl, die Augen nicht aufmachen zu wollen, oder die Tage, an denen alle Fremden einen auf den ersten Blick hassen. Seit wann habe ich Familienbilder an der Wand hängen? Mein rechtes Bein verkrampft sich. Unruhig fahre ich mit meinen Fingern über die Kanten einer alten Postkarte.
»Geht es dir gut?«, erkundigt sich Antonia.
Vielleicht ist es ihre Empathie oder ihre Überempfindlichkeit. Mir kribbelt eine Träne im Augenwinkel. Uropas Passbild guckt mich streng an. Ich sollte nicht selbstsüchtig sein. Ich muss diesem Mädchen was Gutes tun:
»Nein, hör zu. Du spielst kein Lotto. Ich spiele kein Lotto, aber versprich mir, dass du nach deinem Achtzehnten Lose kaufen gehst, wenn ich dir die Zahlen sage. Hol dir einen Zettel.«
Rascheln. Sie hat sich wohl ihren vollgestopften Collegeblock gegriffen.
»Bereit?«
Lautes Schlucken.

» … bereit.«
Langsam lese ich ihr eine Handvoll Ziehungen vor.
»Ich kann dir das ganze Jahr an Lottozahlen geben«, biete ich ihr an.
»Nein, das reicht.«
Das kalte Thema Geld schreckt sie ab.
»Schreib dir die Zahlen in deinen Handykalender. In den alten und den neuen.«
»Ja, mach ich«, verspricht sie, nickt sicherlich.
Ich komm mir wie die große Schwester vor, die ich nicht habe. Ein Ratschlag, der der Rolle vielleicht gerecht wird: »Egal, wie sehr unsere Eltern darauf bestehen, fang nicht Informatik an.«
Was, wenn dieser Fehler mein Leben bereichert hat? Oder was, wenn nicht? Die kleine Antonia hört einfach zu. Sie kommt nach mir. Nein, sie *ist* ich.
Rastlos ordne ich Fotos nebeneinander. Partyspiele auf einer Hochzeitsfeier. Namenloser Student im gestriegelten Anzug, der vor einem Brunnen posiert. Mein Vater als Junge mit geschlossenen Augen. Kartons stapeln sich auf einmal bis an die Decke. Meinen Einfluss kann ich nicht mehr abstreiten.
Ich traue mich nur noch Kleinigkeiten zum Schluss: »Hör auf, dir ins Gesicht zu fassen. Räum dein Zimmer mal auf. Schau dir *Shaun of the Dead* an.«
»Wart …«
Ich zwinge mich dazu, auf den roten Knopf zu drücken. Hätte ich vielleicht »Lebe wohl« sagen sollen? Der Krampf in meinem Bein löst sich. Der Song springt wieder an. Uroma schaut mit ihrem Baby im Arm zu mir auf.

Unser Gespräch rufe ich mir immer und immer wieder ins Gedächtnis. Über die Zeit summieren sich die Verluste. Ich kann mich an deine Stimme kaum noch erinnern. Die Reste habe ich in meinem Kopf gedreht, umgekrempelt und von allen Seiten betrachtet.
Die ersten Zahlenkombinationen waren der Jackpot, der Rest egal. Ich bin Besitzerin einer Wohnung in einer guten Gegend. Eine fantastische Sicherheit, eine Geldanlage zum

Schreien. Meine Eltern sind erleichtert. Vielleicht sind die Zwanziger mein Gipfel. Was hoch steigt, muss auch wieder herunterkommen. Manchmal kann ich vor Angst nicht einschlafen.

An einem dieser schlechten Tage hat mich *Shaun of the Dead* zum Lachen gebracht. Es könnte mein Lieblingsfilm werden. Als ich meine Oma das letzte Mal umarmt habe, musste ich an dich denken. Du bist die einzige Person, mit der ich damals diesen Moment geteilt habe. Mit wem sonst könnte ich darüber reden? Wessen Rat außer deiner könnte mir helfen? Ich schalte die Heizung aus, ziehe den Rollladen hoch und öffne das Fenster. Die Sonnenstrahlen in meinem Gesicht lassen mich kalt. Du fehlst mir.

Franziska Höhn, geboren 1999, studiert Geschichte. Unter dem Pseudonym »Jane Stone« hat sie 2023 bereits die Kurzgeschichte »Überflieger« in der Literaturzeitschrift »& Radieschen« (Ausgabe 65) sowie den Beitrag »Wandel durch Zeit« im Sammelband »Growing Pains« (herausgegeben von Natalie Zeller und Leena Wachter, erschienen bei Danzig & Unfried) veröffentlicht.

Lara Adam

Muttermal

Etwas war immer falsch, etwas schmerzte immer. Das hatte direkt nach Unas Geburt aufgehört und kurz nach ihrem Tod wieder eingesetzt. Sind es Ohrenschmerzen, dann wird sie nie wieder richtig hören können. Sind es Bauchschmerzen, dann hat sie sicher etwas gegessen, das sie nun von innen vergiftet. Kommt ihre Periode zu spät, wird sie keine Kinder bekommen können. Schmerzen ihre Brüste, so ist es sicher Krebs. Und die Muttermale. Sie sind überall. Auf ihren Armen, Beinen, auf ihrem Bauch, in ihrem Gesicht. Und jedes einzelne von ihnen scheint sie höhnisch anzugrinsen. *Ich werde dich töten!*
Das hat angefangen, als sie dreizehn war. Jetzt, fast dreißig Jahre später, ist sie auf dem Weg, weil sie sich ziemlich sicher ist, ihre Augen funktionieren nicht mehr. Es schmerzt, sie zu öffnen und es schmerzt, sie offen zu halten. Wie gern würde sie jetzt in ihrem Bett liegen, das ganze Zimmer stockfinster abdunkeln, zusätzlich dazu ihre Augen schließen und Nick Cave hören.
Sie läuft durch die Stadt und überlegt, was ihre Diagnose sein könnte. Im Internet darf man nicht schauen, das weiß sie, aber langsam befürchtet sie, dass ihr Kopf viel schlimmere Gründe hervorbringt. Vor einer Pizzeria stehen vier dunkelhaarige Männer und unterhalten sich. Sie versperren den Weg und kurz überlegt sie, die Straßenseite zu wechseln. Sie tut es nicht und läuft durch ihren Kreis.
»Prego, Signora«, raunt der Mann, der ihr als einziger Platz macht.
Sie setzt schon an, ihm auf Italienisch zu danken, tut es dann aber doch nicht und lächelt ihm nur zu. Es würde sich schrecklich deutsch anhören. Kratzie.

Die Tage plätschern dahin wie Wellen in einem schmalen Kanal Venedigs. Und auf einmal schreckt sie zusammen. Maler stehen vor ihrem Fenster auf einem Gerüst. Sie tun

beide so, als hätten sie sie nicht gesehen. Aber der Ältere lächelt schelmisch und der Jüngere läuft purpurrot an. Sie steht wie eine antike Statue mitten im Wohnzimmer, das eindeutig zu groß für eine einzige Person ist und zieht sich schnell ein T-Shirt über.
Sie streichen das Haus braun. Braun wie Romeos Haare waren, bevor sie grau wurden und braun, wie Unas Augen waren, bevor sie starb. Romeo hat mittlerweile eine andere Familie. Zwei kleine Jungs. Sie haben dieselben braunen Haare.
Sie rückt den großen Sessel in die Mitte des leeren Raumes und setzt sich nur im T-Shirt mit nassen Haaren in den Sessel, wie sich Könige in ihren Thron setzen. Hier wartet sie auf den Anruf. Der alte Maler hält Mittagspause, nur noch der junge arbeitet. Er steht hinter der Glasscheibe vor dem Himmel. Sie beobachtet ihn.
Die Ärztin ruft nicht selbst an, es ist ihr Assistent, und sie lächelt, als er ihr die Nachricht überbringt. Sie steht am Anfang einer Erblindung. Sie wird ihr Augenlicht verlieren. So sagt er es ihr. Und sie bedankt sich höflich, drückt auf Rot und stellt das Telefon in die Ladestation auf der Fensterbank zurück. Sie seufzt und blickt nach oben. Der junge Maler steht vor ihr, starrt sie durch die Scheibe an. Seine Augen haben die Farbe des Himmels hinter ihm. Er hat das Gespräch mitbekommen. *Sorry*, formen seine Lippen. Es sieht so aus, als würde der Himmel durch seine Augen hindurchstrahlen. Sie öffnet das Fenster langsam und tritt auf das Gerüst.
»Pozor!«, ruft er.
Das heißt *Vorsicht*! Er weiß nicht, dass sie es weiß. Er weiß nicht, dass sie die Gespräche der beiden verstanden hat. Es ging im Erdgeschoss los. Sie haben Witze über den alten Herrn gemacht, der ständig Cartoons sieht und dessen Lachen das ganze Haus erbeben lässt. Dann kamen die zwei Frauen, die dieselbe Frisur und dieselben roten Haarsträhnen haben. Sie haben sich darüber gestritten, ob sie ein Paar seien oder nicht. Der Alte war dafür, der Junge dagegen. Naiv. Die Familie in Stockwerk Nummer 2. Dann die WG der Studenten. Und dann kam ihr Fenster und sie

verstummten. Am ersten Tag hat der Junge noch etwas gemurmelt. Sie sehe so einsam aus. Der Alte hat gebrummt und eine Bemerkung über ihr Aussehen gemacht und seitdem lassen sie das Radio laufen, während sie schweigend arbeiten.
Der Junge legt reflexartig eine Hand auf ihren Arm und hält sie fest, als würde sie das vom Fallen abhalten. Aber sie hat nicht vor, zu fallen. Sie dreht sich zur Fassade. Von hier oben, wo die Sonne das Braun erleuchtet, ist es gar nicht mehr Unas Augenfarbe und auch nicht Romeos Haarfarbe. Hier hat es die Farbe von Kacke. Das sagt sie ihm und er grinst.
»Nicht Schuld.«
Sie schüttelt den Kopf. »Nein, nicht Schuld.«
Sie überlegt kurz, mit ihm in seiner Sprache zu reden, aber dann denkt sie an Romeo und seine Haare, die jetzt grau und nicht mehr braun sind, und an seine zwei neuen Söhne und daran, wie er ihr die Sprache beibrachte und beschließt, nie wieder auch nur einen Satz auf seiner Muttersprache zu sagen.
»Möchtest du etwas essen?«, fragt sie.
Der Junge wird etwas rot, nickt dann aber.
Sie klettert durch das Fenster wieder in ihre Wohnung und reicht dem Jungen dann einladend die Hand.
So hat sie auch Romeo kennengelernt. Da waren sie etwa so alt wie Una, als sie starb.
Sie wohnte mit ihren Eltern in einer Wohnung, in der Reiche wohnen, und lebte das Leben, das Reiche leben. Sie kann sich nicht mehr an ihre Nachbarn erinnern. Nur daran, dass sie dort nicht im fünften, sondern im dritten Stockwerk wohnte. Und sie kann sich an ihr Zimmer erinnern. Sie hat Una mal dorthin mitgenommen, als sie ihre Eltern besuchte. Es war groß und weiß und lichtdurchflutet. Es war das Zimmer einer Prinzessin und sie war die Prinzessin. Sie hatten sich zu zweit an das riesige Fenster gestellt, das die Skyline rahmte wie ein Wandgemälde, und sie hatte auf das Fensterbrett gezeigt und gesagt: »Hier habe ich deinen Vater kennengelernt.«
Sie bietet dem Jungen ein Bier an, er will aber ein Glas stilles

Wasser. Es ist gefiltert, weil sie Angst vor Leitungswasser hat. Romeo war der erste, der ihr damals gesagt hat, dass sie ein Hypochonder sei. Jaja. Sind es Ohrenschmerzen, dann wird sie nie wieder richtig hören können. Sind es Bauchschmerzen, dann hat sie sicher etwas gegessen, was sie nun von innen vergiftet. Die Muttermale und so weiter ... So war sie schon immer. Aber als sie schwanger wurde und ihr Bauch größer und größer, da hat sie nicht ein einziges Mal daran gedacht, dass es ihr Kind nicht schaffen würde, da hat sie nicht ein einziges Mal daran gezweifelt, dass ihr Körper zu schwach sei für dieses Kind. Und dann wurde Una geboren und es kamen zuerst die stillen Abendessen, die gefärbten Haare, dann das Schule-Schwänzen, dann die dicken Eyeliner, dann die zehn Ringe in ihren Ohren, dann die dunklen Augenringe, die blasse Haut, dann die Klingen in ihrem Fleisch und dann die Narben an ihrem Arm. Sie wollte eine aufgeklärte Mutter sein. Sie hat sich neben ihre Tochter gesetzt und es auch probiert. Das Blut hatte für den Bruchteil einer Sekunde etwas Ästhetisches, aber dann war sie zurück in ihrem Körper, neben ihrer Tochter. Es tat weh, es ekelte sie und ihr ganzer Körper zitterte vor Angst. Aber sie wollte ihre Tochter wieder zusammenbauen. Das war ihr Job. Nicht nur als Mutter. Sie hatte ihr Geld damit verdient, kaputte Dinge zu reparieren. Bilderrahmen, Schränke, Gemälde. Und bevor man etwas richten kann, muss man verstehen, was überhaupt kaputt ist.

Sie berührt die braunen Haare des Jungen und schließt die Augen.

Lara Adam, 2003 in Frankfurt am Main geboren, arbeitete von 2021 bis 2024 als Assistentin einer Lektorin und machte sich 2024 selbstständig. 2020 war sie Teilnehmerin am Schreibworkshop des Jungen Literaturhauses Frankfurt; 2022 an dem des Hamburger Literaturhauses. Zwischen 2020 und 2022 veröffentlichte sie die Kurzgeschichten »Zersplitterung« (in der Zeitschrift »zugetextet«) und »WEG« (in der Anthologie des Schreibzimmers des Jun-

*gen Literaturhauses Frankfurt). 2022 wurde ihre Kurzgeschichte »Sonne Mond Sterne« von der Jury des Bundeswettbewerbs »Treffen junger Autor*innen« ausgezeichnet. 2023 nahm sie am Young Storyteller Award von story.one und Thalia teil und veröffentlichte in der Begleitanthologie die Kurzgeschichte »Wo wir sind«. 2023 war sie Monatsgewinnerin des Lyrik-Wettbewerbs »lyrix« und veröffentlichte das Gedicht »Letzte Nacht«.*

Georgina Koberg

Mein Löwe

Ich halte meinen Löwen ganz fest. Meine Finger tun weh, trotzdem schließe ich sie noch fester um seinen kleinen Stofftierarm.
Löwen haben keine Angst, sagen die Erwachsenen immer. Aber das stimmt nicht. Mein Löwe hat Angst. Angst, dass ich ihn verliere und er dann ganz alleine ist. Ich glaube nicht, dass alle Löwen keine Angst haben, denn dann wäre mein Löwe schließlich gar kein Löwe, weil er doch Angst hat. Oder? Vielleicht müssen auch Löwen manchmal weinen. Ganz sicher sogar. Wenn man schlimme Sachen mit ihnen macht, weinen sogar Löwen.
Mein Löwe hat noch nie geweint. Aber er hat Angst, weil er doch ganz alleine wäre, wenn ich ihn verliere. Darum halte ich ihn ganz fest, damit er keine Angst zu haben braucht.
Ich habe keine Angst. Ich war zwar noch nie alleine auf dem Bahnhof und ich weiß auch nicht so ganz, ob mein Ticket überhaupt das Richtige ist, aber ich habe keine Angst. Wenn ich Angst habe, dann überhaupt nur Angst, dass ich meinen Löwen verlieren könnte. Denn dann wäre er schließlich ganz alleine und dann hätte er Angst und das will ich nicht.
Manchmal hat mein Löwe auch Angst um mich, wenn Daniel alleine mit mir ist und mich dann mit in sein Schlafzimmer nimmt. Daniel sagt, das ist unser Geheimnis, aber ich habe es trotzdem dem Löwen gesagt. Der sagt das nicht weiter, das hat er versprochen. Aber er hat Angst um mich, wenn Mama nicht da ist und er sieht, wie Daniel zu mir kommt und mich anlächelt. Dann sage ich meinem Löwen leise, dass alles gut wird, damit er keine Angst mehr hat.
Jetzt braucht er keine Angst mehr um mich zu haben, weil Daniel schließlich zuhause ist, und ich bin am Bahnhof und das ist gaaaaaaanz schrecklich weit weg von zuhause. Und der Zug, der bald kommt, fährt noch viel, viel weiter weg, wo Daniel mich gar nicht mehr finden kann.

Ich streichle dem Löwen über die Mähne und wiege ihn in meinen Armen. »Alles wird gut«, flüstere ich.

Georgina Koberg, geboren 2007, besucht die 10. Klasse des Gymnasiums Philippinum in Marburg. 2024 veröffentlichte sie die Kurzgeschichte »Picasso« in der Preisträgeranthologie des Schreibwettbewerbs »Ohne Punkt und Komma«.

Vanessa Krypczyk

Nein!

Er macht einen derben Scherz. Auf ihre Kosten. Witzig ist er nicht. Eher unter die Gürtellinie gehend. Sie bekommt Gänsehaut. Aber nicht die von der guten Sorte.
Stattdessen lähmt sie sie, macht ihre Zunge schwer und ihre Gedanken träger.
Sein Blick klebt auf ihr. Wandert über sie.
Sie kann ihm nicht entkommen. »Bar oder mit Karte?«, fragt sie. Das ist Routine. Sie klammert sich daran. Er zahlt, räumt die Einkäufe ein, nicht ohne einen letzten Blick. Erneut Gänsehaut. Noch immer nicht angenehm.

Am nächsten Tag ist er wieder da. Er kauft oft hier ein. Wieder ist sie an der Kasse, wieder steht er vor ihr. Wieder ein anzüglicher Kommentar. Wieder schweigt sie. Lässt es über sich ergehen.
Und dann kommt er wieder.
Dieses Mal schafft sie es, »Nein« zu sagen. Seine Blicke, seine Worte, seine Kommentare, seine Scherze missfallen ihr. Sie sagt es ihm. Sie hat es lange genug vor dem Spiegel geübt. Ihre Stimme ist ein wenig leiser, als es ihr lieb ist, vielleicht ein wenig zu zittrig, doch sie sagt es und hebt dabei das Kinn.
Er lacht wieder. Sein Gelächter klebt auf ihrer Haut. Sie soll doch nicht so beleidigt sein. Er meint es doch nicht böse. Sie soll sich doch geehrt fühlen.
Aber sie fühlt sich nicht geehrt. Innerlich windet sie sich, läuft davon. Doch hier bleibt sie stehen, schiebt ihm die Einkäufe hinüber und sieht an ihm vorbei. Sie wird nichts weiter dazu sagen.

Natürlich kommt er am nächsten Tag wieder.
Dieses Mal fragt er nach ihrer Nummer. »Beim letzten Mal haben wir uns doch so gut unterhalten.« Wieder lacht er und sein Gelächter hallt unangenehm in ihren Ohren nach.

Sie zögert, will ablehnen, doch sie weiß, dass er dann wiederkommt. Dass sie mit einem Nein seinen Blicken, Worten, Kommentaren und Scherzen nicht entkommt. Weil er es nicht hören will.
Es gibt nur einen Weg.
Ihre Hand zittert, als sie den Stift umfasst. Sie schreibt eine Nummer auf, schiebt ihm den Zettel hinüber. Sie lächelt, doch nur mit den Mundwinkeln. Ihre Augen bleiben starr.
Er lacht, ist ganz begeistert und schiebt den Zettel in seine Tasche.
Noch heute Abend wird er sie das erste Mal anrufen.

Ich telefoniere nicht nur einmal mit ihm und wenn wir nicht telefonieren, schreiben wir. Und so dauert es nicht lange, keine paar Tage, da habe ich ihn. Er schickt mir seine Adresse, lädt mich zu sich ein.
Sehr gut. Es ist immer einfacher, wenn es bei ihnen in der Wohnung passiert. Sonst müsste ich hier aufräumen. Und ich räume nicht gerne auf.
Ich trete ein letztes Mal vor den Spiegel. Mache mich hübsch. Nur für ihn. Streiche eine Haarsträhne zurück, kontrolliere mein Make-up. Gut siehst du aus, sage ich mir. Dann trete ich einen Schritt zurück, drehe mich ein Stück. Bewundere mein Kleid. Enganliegend, elegant, wunderschön. Ich greife nach meiner Tasche. Natürlich passend zum Kleid, hübsch verziert und wie dafür gemacht, *sie* zu transportieren.
Ein letzter Blick aufs Handy, es ist Zeit, zu gehen. Er hat mir natürlich wieder geschrieben. Ganz euphorisch, dass wir uns endlich treffen, fernab vom Supermarkt.

Im Schutz des Abends verharre ich noch einen Moment vor dem Haus. Die Tasche liegt schwer in meiner Hand. Tief atme ich die kalte Luft ein. Es ist soweit. Dann klingle ich, betrete das Haus und laufe die Treppen nach oben. Er wohnt im dritten Stock. Es gibt keinen Fahrstuhl, das habe ich vorher geprüft. Also gehe ich langsam – ich will nicht zu abgehetzt wirken, wenn ich zu unserem ersten Treffen komme. Die Wände sind schmutzig gelb gestrichen. Eine hässliche Farbe, denke ich und nehme die letzten Stufen. Er redet,

noch bevor ich in Sicht bin. Seine schmierigen Worte drängen mir entgegen. »Schön, dass du -« Er stockt, dann entflieht seinen Lippen ein aufgeregter Laut, ein nervöses, kurzes Lachen. »Kennen wir uns?«
Ich trete vor ihn. Präsentiere ihm mein Kleid in all seiner Pracht, schließlich habe ich es extra für diesen Abend ausgesucht. Hoffentlich weiß er es zu würdigen. »Aber sicher doch, Schatz. Wir haben uns doch für heute verabredet.«
Sein Lächeln verrutscht noch mehr. »Da muss eine Verwechslung vorliegen, wir haben nicht ... Ich kenne Sie nicht ... Wir ... Was machen Sie?« Die letzten Worte drängen schneller, hektischer und höher über seine Lippen, während ich ihn in seine Wohnung schiebe.
Ich würde ihn gerne anlächeln. Vielleicht würde ihn das beruhigen. Doch ich weiß, dass die Freundlichkeit nicht meine Augen erreichen würde. Sie wäre nur gelogen.
»Was ist denn mit dir, Schatz? Wir haben doch ausgemacht, uns heute zu treffen«, sage ich und lege Verwunderung in meine Stimme. Dann schließe ich die Tür hinter mir, als wäre es meine Wohnung.
»Nein, ich ...« Er stottert nur noch.
Ich öffne meine Tasche, ohne ihn aus den Augen zu lassen.
»Ich war mit jemand anderem verabredet.« Die Worte verhallen schwer in der Luft.
»Ich weiß. Die junge Frau aus dem Supermarkt, die Ihnen mehr als einmal einen Korb gegeben hat. Die Ihre Avancen zurückgewiesen hat, weil sie ihr unangenehm waren. Deren Nein Sie so einfach überhört haben. Sie hat Ihnen meine Nummer gegeben.«
Er blinzelt. All die Verwirrung in seinem Gesicht zeugt von seinem verzweifelten Versuch, die Puzzleteile richtig zusammenzusetzen, zu verstehen, was hier passiert.
Doch ich bin nicht bereit, länger zu warten. Schließlich ist der Abend zu jung, als dass ich ihn noch länger hier verschwenden möchte.
Ich ziehe die Pistole aus der Tasche. Erschieße ihn.
Dann nehme ich seine Uhren und sein Bargeld. Verlasse die Wohnung, bevor jemand eine Frau in einem eleganten Abendkleid sieht.

Ein Raubüberfall mit Todesfolge, wird man sagen.
Einer weniger, der kein Nein akzeptiert, werde ich sagen.

Vanessa Krypczyk, 2001 in Erfurt geboren, studiert sammlungsbezogene Wissens- und Kulturgeschichte und macht eine Ausbildung zur Buchhändlerin. Seit 2016 nimmt sie an Schreibwettbewerben teil, einige ihrer Kurzgeschichten wurden in Anthologien veröffentlicht, zum Beispiel »Thomas« (in: »Identität«, hrsg. von S. Fitzek, 2020), »Der Spiegel« (in: »Frankfurt Young Stories«, 2019) und »Über das Meer« (in: »Zu neuen Ufern. Dichtungsring 56«, 2019). Sie war Preisträgerin beim Eobanus-Hessus-Schreibwettbewerb 2021 sowie beim Federlesen 2016. Im Proof-Verlag sind ihre Kurzgeschichtenbände »Die Macht der Worte« (2022) sowie »Du darfst nicht lesen« (2020) erschienen.

Melis Ntente

ich bin
die stöckelschuhe und die füße
die bluten, und die tanzschritte
nicht im takt

die nutzlose hüfte, versteckt hinter
textil-landschaften

der knallrote lippenstift
auf ragenden felsen, lach
nicht so laut

die schere an der
schulter
am kinn
am ohr.

ich bin
die tochter
von fremden.

der mann
den ich nie heiraten werde.

die mutter
von niemandem.

du schaust mich an
ich schau
zurück

du suchst das weite
gehst weiter weiter weg

nachdem du
einen a
n
k
e
r
in mich
wirfst

die sonne weint
und

der leuchtturm
k r a c h t
und

ich lache
stumm

wo mal unsere
wimpern klebten zusammen da

liegt jetzt erde, so
viel erde

ein verlassener hafen
bin ich

*Melis Ntente, 1999 in Rüsselsheim geboren, studierte Onlinejournalismus an der Hochschule Darmstadt und arbeitet als Social-Media-Redakteurin. Sie ist zum vierten Mal Preisträgerin des Jungen Literaturforums Hessen-Thüringen, war 2022 unter den Top 3 beim »Offspring Award« der lit.*COLOGNE *(2022) und 2021 Preisträgerin des Wettbewerbs »Frankfurt Young Stories«. 2020 gewann sie den hr2-Literaturpreis.*

Benedikt Schniedermeyer

Feingefühl

Er beginnt seine Arbeit am liebsten nachts. Sein Rücken gebeugt, die Augen möglichst nah dran, denn seine Sehkraft lässt nach. Die Finger ragen wie krumme, alles umklammernde Äste über den Tisch, als er das Skalpell ansetzt und die Haut lautlos durchstößt, um mit einem Schnitt, den er sechzig Jahre lang perfektionierte, den Körper am Brustbein aufzutrennen. Er beschädigt keine einzige Feder, das ist ihm seit vielen Jahren nicht mehr passiert und heute erst recht nicht.

Denn dies ist sein allerletztes Exemplar.

Ein leichtes Zittern setzt ein, als er beginnt, die Haut samt Federn vom Inneren zu trennen, darin besteht der Großteil seiner Arbeit. Wie die alten Schieferplatten des Museumsdachs schmiegen sich die schwarzen Federn übereinander. Sie sind so geschmeidig wie bei keinem anderen Vogel zuvor.

»Der Allerletzte. Ein Glücksfund. Eigentlich sollte es ihn gar nicht mehr geben«, sagte ihm der Ornithologe, der ihn aus Neuseeland mitbrachte.

»Was ist das? Ich habe so ähnliche schon gesehen, aber noch nie diesen hier.«

»Eine weibliche Neuseeländische Sturmschwalbe. Ich war nur einen Nachmittag auf der Little Barrier Island und bevor wir zurück aufs Schiff mussten, entdeckte ich ein Nest an einer Klippe, rannte hin und fand sie. Auf einem einzelnen Ei, das sie nicht mehr ausbrüten konnte, weil sie darauf verhungerte. Solche Vögel haben wir seit Ewigkeiten nicht mehr gesehen. Ich habe sofort an dich gedacht.«

Er hält die Schwalbe in der Hand. Federleicht, denkt er. Sie ist ein weiterer letzter Vertreter einer Art. Und so geht es weiter. So lange, bis kein Tier mehr übrig bleibt, das es zu präparieren und präsentieren gilt.

Die Organe müssen besonders vorsichtig behandelt werden. Einmal streifte der Magen eines Elfenbeinspechts das auf dem Tisch liegende Skalpell und der Inhalt ergoss sich auf die Tischplatte. Der Geruch machte ihm nichts aus. Die Sicht auf die allerletzten Speisen des Elfenbeinspechts ließen ihn hingegen fast erbrechen: Gummibänder, Kunstfasern, eine gelbe Plastikkugel.

Zwischendurch verteilt er Mikrozellulosepulver, um die sensiblen Federn vom Fett und der Flüssigkeit des Inneren fernzuhalten. Er lässt keinen Quadratzentimeter aus. Schon etliche Male hat er Kollegen dabei beobachtet, wie sie es in die Körper streuten, als würden sie ihre Einfahrt salzen. Mit leichtem Druck verstreicht er es im Körper der Schwalbe.

Jetzt entfernt er die Haut vom Kopf. Seine Atmung ist regelmäßig, kaum zu hören. Jeder zu starke Atemzug würde die Federn bewegen, die dann an der Schnittkante festkleben und aus Versehen zerschnitten werden könnten.

Nach dem Häuten des Kopfes folgen die Beine der Schwalbe. Er muss sie vermutlich brechen, obwohl er es nicht möchte. »Es klingt fast wie ein Klettverschluss«, meinte ein Lehrling vor vielen Jahren zu ihm. Es ist ein grausamer Akt, einem Lebewesen Knochen zu brechen, egal ob tot oder lebendig.

Die Flügel sind nicht groß. Nah am Körper sind sie hellgrau, fast weiß wie der untere Rücken. Die äußeren Federn, die Handschwingen, sind schwarz, als wären sie über Ruß gezogen. Wie eine Tonleiter auf dem Klavier berührt er jede einzelne Handschwinge bis zur längsten.

Er löst nun das Äußere des Vogels vom Inneren. Körper von Haut. Mit einer kleinen Bürste entfernt er Fettrückstände und reinigt alles mit Salzwasser und Gerbstoffen. Jedes Tier behandelt er wie ein Kind, das unter seine Obhut kommt.

Einige wenige Tiere durfte er behalten. Solche, die die Museen, Sammler und Jäger doch nicht mehr haben wollten. Nicht selten genug, nicht schön genug, nicht ausgestorben genug.

Er sieht in seinem Beruf etwas Endgültiges. So wie Hebammen und womöglich auch Tierpfleger Freude an der Entstehung des Lebens finden, ordnet er sich am anderen Ende der Lebenslinie ein. Noch nach Bestattern und Gerichtsmedizinern. Auf seinen Präpariertisch kommt nur Totes, doch das nicht mehr lange. Er kehrt der Taxidermie den Rücken. Als ob es jemanden gegeben hätte, der sein Nachfolger hätte werden wollen. Und mit ihm verschwinden auch die Arten.

Am nächsten Morgen ist das Innere der Schwalbe ausgehöhlt und so rein, wie kein Lebewesen eigentlich sein sollte. Er lässt sich ein letztes Mal auf seinen Stuhl fallen und beginnt seine Arbeit. Instinktiv findet seine rechte Hand die Kiste mit der Holzwolle. Mehrmals reißt, quetscht und rollt er sie in Form, aber nie mit der Kraft, die er damals noch hatte. Mit vielen Metern Faden umwickelt, ähnelt die Holzwolle nun dem Inneren des Vogels. Er stopft seit Ewigkeiten nicht mehr aus und kann diesen Begriff auch nicht mehr hören. *Ausstopfen.* Als zwänge er etwas in sie hinein, das nicht hineingehört. Gegen ihren Willen.
Für die Bemalung der Glasaugen sind seine Hände zu zittrig, aber in der Schublade, in der er die Augen lagert, weiß er genau, welche zu der Schwalbe passen. Die Farbe, die Größe, der Blick.
Erst jetzt begreift er die wahre Schönheit des Vogels und die Endgültigkeit seines Handelns wird ihm bewusst. Am liebsten würde er seinen allerletzten Vogel jetzt gegen die Wand schmettern.

Um den Gedanken schnellstmöglich loszuwerden, ruft er seine Frau an.
»Ist was passiert?« Sie geht immer davon aus, dass es einen besorgniserregenden Grund für seine Anrufe gibt.
»Ich schaffe das letzte Tier nicht mehr. Es liegt jetzt hier fast fertig. Ich weiß nicht weiter.«
Sie antwortet für lange Zeit nicht.
»Martha?« Seine Stimme klingt uralt.
»Du bist der Allerbeste, in dem, was du machst, und das sage ich dir nicht zum ersten Mal. Dem letzten Tier deinen nötigen Respekt zu erweisen, das schaffst du doch wohl. Ich warte auf dich, bis du zufrieden bist. Nur das zählt.«

Ein Stück Draht schiebt er zwischen Elle und Speiche der Flügel. Ein anderes steckt er in die Holzwolle und stülpt schließlich noch die zerzauste Haut darüber. Mit den letz-

ten Nadelstichen und einem tiefschwarzen Garn schließt er die verbleibenden Löcher im Körper und föhnt den Vogel trocken. Die Neuseeländische Sturmschwalbe sieht wieder aus wie eine Neuseeländische Sturmschwalbe.
Die Daunenfedern am Bauch der Schwalbe gleiten durch seine Fingerspitzen. Eine Stelle ist kahl, der Brutfleck.
In welche Position soll sie gebracht werden? Er hat vergessen, vorher nachzufragen. Er senkt den Kopf der Schwalbe nach unten wie auf Nahrungssuche über dem Ozean. Die Handschwingen zieht er soweit es geht auseinander. Dabei bricht sich das Sonnenlicht im schimmernden Schwarz der Federn. Gestern Nacht hat er das gar nicht wahrgenommen. Da sahen die Federn verdreckt aus.
Während er die optimale Position für die Schwalbe sucht, denkt er darüber nach, was Martha ihm gesagt hat. An ihre Worte erinnert er sich immer gerne. Die endlosen Telefongespräche, während sie bei Kerzenlicht auf ihn wartet und er bis in die frühen Morgenstunden arbeitet.

Als Präparator ist er auch ein Bewahrer der Erinnerung. In jedem Betrachter löst das Tier ein anderes Gefühl aus. Eine Trophäe des Waldes, ein Schlag gegen die Scheibe, ein überfahrener Vogel am Straßenrand. Ein Kindergartenausflug oder das Füttern der Enten im Park.
Er ist derjenige, der etwas, das gelebt hat, für die Zukunft aufbereitet, sodass seine Ururenkel zumindest erahnen können, was ein Dunkelkopf-Blattspäher oder ein Andentaucher einmal war. Oder eben diese Schwalbe. Reine Reminiszenzen sind sein Beruf.
Nun ist seine Arbeit beendet. Er geht ein letztes Mal zur Tür hinaus und schaut nicht mehr zurück. Auf die Schwalbe, dessen Flügel nun doch eingeklappt sind, ihr Kopf nah am Körper. Sie sitzt auf einem kreisrunden Nest aus Skalpellen, Pinzetten, Messern, Wattekugeln und Bürsten, zusammengehalten durch Drähte und dünne, kaum sichtbare Garnfäden.

Benedikt Schniedermeyer, 1998 in Paderborn geboren, studierte Biologie in Bielefeld und Biodiversität & Naturschutz in Marburg. Derzeit arbeitet er im Bereich Gewässer-, Natur- und Umweltschutz. Im Rahmen des Young Storyteller Awards von story.one veröffentlichte er den Kurzgeschichtenband »Heute und morgen«.

Pauline Schröer

Capriccio

Tell me //
Let me tell you a story.

lass uns einfach vroom vroom
sagen ein neuer Bikini *oder drei*
ein neuer
Sound ein
neues Selbst
das muss weg
Niemand kann mich
fangen I am over it!
Stimme brüchig, aber das ist nicht, was zählt
pour another glass
boom boom du bist zu langsam

Nebendran: belanglos

Geht das kurz etwas langsamer, ich verstehe nicht
recht B**** f*** that
Was für London?
Da waren wir schon – ich weiß
Auflösung: Anderes
Abgrund: Auflösung
F*** that.

in der Warteschlange

: belanglos
neon necklace, ridiculous
: belanglos please stop!
skip

Bitte sag einfach *Ciao*, wenn du
gehst ich weiß genau, was ich anhatte
ich weiß, wie es ausgeht

Es ist alles gut.
ich weiß es
ich weiß
ich bin etwas Besonderes.
Stille
– bitte streichen

Wenn du mich lässt, *slide*
Vergleiche es mit Essen so viel du magst.
: not sexy
: feel better
Haare in den Mundwinkeln wie 'ne Trense
Mein Körper kann sein, was du willst
Ich vergesse alles um mich herum
Nicht ganz, muss los
Aber das bringt mir gar nichts, ich versteh' kein Wort
Du willst mich kennen?
Versteh' wieder nichts
Füll mich
Mein Glas

Und endlich: common ground
Zu schön.
Das ist nach meinem Geschmack
Alles läuft nach Plan:
my runway
Es ~~trieft~~ Vergessen
Das macht keinen Sinn für dich?
Für mich schon
Ich weiß MAMA was ergibt sich?

rein, rein, rein
filthy headbanger
Niemand versteht meine mood
dropping dropping cigarettes
Fernes Lachen

Bitte ich will Drive In
Bitte sag, dass du mich kennst
Du kennst mich, ich kenne
dich nicht
Was passiert?
funny noise, back pain
Der Tunnel, ich seh'
ihn.
Aber Identität fehlt
Aber die machen eine Ausnahme

Fast ist es geschafft.

Du bist schön
Bekanntes mündet immer wieder in Unbekanntheit
(hier schummle ich)
Es tut mir leid, dies muss ich alleine machen,
zu wenig, um damit zu arbeiten

Du spannst mich auf die Folter
Das ist mein soft spot

So langsam ist die Schlaufe komplett, ich fühle
nichts Ich fühle: alles
Ich höre: was ich hören
will Tag bis Nacht, alles
stimmt Beeindrucke mich!
:
beruhigend
Ich liebe
dich
WAS DENN NOCH?
Was habe ich davor gemacht?

Ich schmecke mir gut.
Du kannst ihn dir nehmen, aber nicht benennen.
Heute bin ich bei mir.

Endlich
Es ist
alle
Darauf läuft alles hinaus:

Pauline Schröer, geboren 1998 in Hamburg, lebt in Frankfurt am Main und studiert Ästhetische Theorie im Master. Während ihres Bachelorstudiums der Philosophie in Freiburg gründete sie gemeinsam mit Leon Hartmann, Jonathan Mink und Paul Koloseus das Literaturmagazin „Das Blatt". Sie organisierte Lesungen in verschiedenen Städten und arbeitet derzeit vor allem an essayistischen Textprojekten, die prosaische Erzählungen mit theoretischen Abhandlungen verbinden.

Jacob Schuster

ohne titel 1

verschwommen gucke ich die welt
aus honigaugen an

in meinem blick sammeln sich dicke tropfen
und verklumpen meine wimpern

ich kleckere an mir herunter
wo meine finger nur noch hände sind

langsam probiere ich aus
meinen begrenzungen zu rinnen

die goldenen schlieren genießen mich
fassungslos darunter

mein gesicht verzieht
sich zu einem schiefen lächeln

ich rühre herum in meinen gedanken
die immer an mir zu kleben scheinen

durch meine honigaugen
kann ich sie kaum mehr sehen

die brücken aus gras
die hängenden kaskaden

die sich rausgewagt hatten
aus meinen träumen

ohne titel 2

ich hatte auf das brot von letzter woche gebissen
und spürte plötzlich etwas
trockenes und kantiges
eingewachsen in meinen mund

meine zähne standen übermenschlich groß
aber auch bewegungslos
nebeneinander aufgereiht
als wollten sie salutieren

entsetzt nahm ich deshalb einen
jeden zahn aus meinem gesicht heraus
und legte sie hart und weiss
vor mich auf den tisch

den einen der übrig blieb probierte ich
und musste feststellen
als ich ihn glatt auf meine zunge legte
dass er begonnen hatte zu schmelzen

dann hörte ich es knirschen

Jacob Schuster, 1999 in Berlin geboren, wohnt zurzeit in Jena und ist dort Teil des Schreibclubs »KAPER« sowie der Textwerkstatt »Poesie & Praxis«. Im Jahr 2023 erhielt er den ersten Preis des Jungen Literaturforums Hessen-Thüringen. Einer seiner Texte erschien 2023 in der 31. Ausgabe der Lyrik-Zeitschrift »Das Gedicht«.

Ronja Thieme

Damals Hier

Brummen vom Auto, warme Lüftung, Geruchsmischung aus Plastik, Stoff und Leder. Muffig, kalte Füße in noch muffigeren Wollsocken werden von der Lüftung aufgetaut.
»Ah! Du kommst von da außerhalb.«
»Ja, genau!«
»Ist da nicht vor ein paar Jahren dieser *Wilde* gestorben?!« Wobei wild mit einer Mischung aus Faszination und Ekel ausgesprochen wird.
Unangenehmes Gefühl in meiner Magengegend. Gefühl zwischen Übelkeit und kaltem Schweiß.
Ich werde von Erinnerungen in die Fresse geschlagen. Der Schlag ist wie mit Boxhandschuhen, dumpf und wuchtig aber ohne Blut.
»Ja. Der war mein Vater«
»Aber das war schon wild, oder? Wild war der!« Falls da ein Anflug von Scham war, wird sie durch Entsetzen übertönt.
Ich denke zurück. Ja. Es war wild.

Hohe melodische Töne, meine Mitbewohnerin spielt Geige, Übertönung durch srrrrr, flsch, flsch, Staubsauger über Teppichboden, mein Mitbewohner staubsaugt den Flur. Ich bin in meinem Zimmer in einer ranzigen Altbauwohnung. Ich liebe unsere WG, mein Zuhause. Stehe vor meinem Kleiderschrank und miste aus. Wollig warmer, weicher Stoff, kratzig, faserig, kühler Stoff, leichter, dünner und auch fester, starrer Stoff gleitet durch meine Finger. Ich begutachte die Hosen, Blusen, Hemden, Tops, Röcke … Und platziere sie entweder auf dem »du bist raus«-, »du darfst bleiben«- oder »ich kann mich nicht entscheiden«-Stapel auf meinem Holzboden. Schließlich stehe ich in einem Kleidergebirge, das immer mehr zusammenfällt und in sich zusammenwächst. Da finde ich eine weiße, formale Bluse. Ich muss schmunzeln. Sie passt so gar nicht mehr zu meinem jetzigen Geschmack. Ich denke zurück. Es ist viele Jahre her, als ich sie kaufte. Damals war ich in der Oberstufe. Es war sonnig und warm – vielleicht Mai oder Juni. Die Bluse war eines der ersten Kleidungsstücke, die ich mir kaufen konnte – abgesehen von Schuhen. Ich muss schmunzeln und denke: Und dann so was?! Ich sah in der Oberstufe oft aus wie eine Streberin. Ich wollte nicht nur so aussehen, ich wollte eine Streberin sein. Und ich war eine Streberin. Und trotz der guten Noten und meiner weißen Bluse hatte ich immer Angst, dass da irgendwo unter meinen Fingernägeln Dreck ist, den ich übersehen habe. Mir war, als wäre ich ein Dreck-Schrott-Monster, das seine Drecknatur unter hochgeknüpften Blusen zu verstecken versucht. Und dann war da immer die Angst, mich zu verraten.

Warmes kuscheliges Sofa, kleine Tasse mit heißem Tee. Adila schaut mich durch ihre grünen Kulleraugen an, ihre schwarzen Locken hüpfen, während sie sich umdreht. »Brudi, und ich dachte immer, dass du eine Vorzeigedeutsche bist.«
Ich weiß nicht, wie eine Vorzeigedeutsche aussieht, aufwächst, sich verhält – was das ist. Aber ich weiß, dass ich immer viel Wert darauf gelegt habe, nicht aufzufallen – nur durch positive Leistungen. Ich habe so viel Zeit damit verbracht unterzugehen, nicht den Anschein aufkommen zulassen, dass bei mir Zuhause etwas anders sein könnte als bei den anderen. Ich bin nicht zu einer Kartoffel geworden, sondern zu Kartoffelpüree, den man ohne Schwierigkeiten wie Spachtelmasse in jegliche Ecke schmieren kann. Über mein Kartoffelpüreedasein habe ich so viel Zeit mit Beobachten und Anpassen verbracht, dass ich heute keine Ahnung habe, was oder wer ich bin. Ich weiß, dass ich nicht in die Welt aus toxischer Männlichkeit, Drogen, Waffen, Aggression und Härte passe, welche ich von meinem Vater vorgelebt bekommen habe. Ich weiß aber auch, dass ich niemals in eine akademische Welt passen werde. Ich fühle mich am ehesten mit mir verbunden, wenn ich masturbiere, Technomusik höre oder nachts im Wald spazieren gehe. Mich überfordern Menschen und kulturelle Symbole. Ich habe das Gefühl, dass ich nirgendwo reinpasse. Ich weiß, dass ich nur lange genug in einem kulturellen Kosmos sein muss, bis

der Geschmack zumindest etwas auf mich übergeht. Fremd fühle ich mich trotzdem. Ich fühle mich androgyn. Ich habe so viele Jahre meiner Kindheit damit verbracht, der Junge zu sein, den mein Vater wollte, dass ich mich heute nicht als Mann oder Frau fühle. Wenn ich nachts mit meinem langen schwarzen Mantel durch die Stadt gehe, fühle ich mich als Vampir.

Menschengewirr, Piepen der Kasse, Stoffe von Jacken knistern, rascheln, kramen, klirren von Geld. Ich stehe im Supermarkt an der Kasse, wiederhole innerlich mantraartig die Geheimzahl meiner Karte. Ich bin angespannt. Ich habe Angst, durch die Schranke zu gehen. Ich habe Angst, dass es piepen könnte. Natürlich habe ich nichts gestohlen. Ich habe Angst, dass gedacht werden könnte, dass ich stehle. Als Kind war ich dabei, wenn mein Vater klaute. Und erwischt wurde. Ich habe auch Angst zu wenig Geld zu haben. Ich kontrolliere immer mehrfach meinen Geldbeutel. Ich habe immer Angst, nicht genug Geld dabei zu haben. Als Kinder wurden meine Schwester und ich häufiger als Pfand an der Kasse gelassen, wenn unser Vater nicht genug Geld dabeihatte. Da waren immer viele Blicke. Und die Angst, nicht mehr abgeholt zu werden.

Dupf, dupf, dupf: Ich stapfe die Treppe beim Bahnhof hoch, schaue zu einem Mann, der sehr oft an derselben Stelle sitzt. Er grüßt. Ich nicke zurück. Ein unangenehm vertrauter Geruch kommt mir entgegen. Der Geruch erinnert mich an die letzten Besuche bei meinem Vater. Ein Geruch von ungewaschener Kleidung, altem Schweiß, der den Körper wie eine weitere Haut einkleidet. Drehtabak und Hasch.

Rattern der Tram. Abrupte Schlängelbewegung durch die Nacht. Der Bass aus dem Club hallt noch in meinem Körper nach.
»Und du trinkst nicht?! Und machst sonst auch gar nichts?!«
Ich schüttle den Kopf.
»Weil es dir nicht schmeckt?« »Find' ich gut! Das ist gesund.«

Ja, es schmeckt mir nicht. Aber die wirkliche Antwort wäre doch zu intim, um sie nebenbei mitzuteilen.

»Was?! Du kennst Gilgamesch nicht?!?« Ich werde von zwei fassungslosen Gesichtern angestarrt. Sie gehören meinen Mitbewohnis. Mir ist unwohl. Eigentlich wollte ich mir nur schnell Teewasser in der Küche heiß machen und wieder in meinem Zimmer verschwinden. Der Wasserkocher ist verkalkt. Bis das Wasser endlich kocht, vergeht eine halbe Ewigkeit. Sie reicht aus, um mich endgültig als bildungsfern zu outen. »Nein! Das kann ich nicht glauben!«, werde ich entgeistert von meinem Mitbewohni angefahren. »Du kennst Stefan Zweig nicht?! Die Schachnovelle ist Weltliteratur!« Mir ist schlecht, ich weiß nicht, ob ich rot oder direkt kreidebleich werde. Seine Fassungslosigkeit wird durch ausladende Gesten untermauert. Am liebsten wäre ich nicht da. Es ist nicht das erste Mal, dass ich so angeschaut werde. Es folgt eine Belehrungslektion, bei der ich die Rolle des dummen Schulmädchens einnehme. Ich kämpfe mit den Tränen. Aus Wut. Aus Scham. Aus Überforderung. In mir lodert etwas auf. Der Wasserkocher piept ungeduldig. Ich gieße meinen Teebeutel auf und verschwinde in meinem Zimmer. Dieser Hurensohn trägt sein scheiß-kulturelles Kapital so protzig vor sich her, wie Möchtegern-Gangster ihre Scheine in Musikvideos präsentieren.
In meinem Zimmer weine ich. Ich schlucke. Es schüttelt mich. Mein Gesicht bebt. Egal, wie hart ich auch arbeite, ich kann 20 Jahre Bildungsunterschied nicht nachholen. Zuhause war ich immer die Streberin, hier fühle ich mich wie die dumme Blondine.

Du Muttersöhnchen, Gilgamesch sagt mir nichts
Ich weiß, seit ich zehn bin, wie der Haschpreis ist

Metallisches Besteckklirren auf Porzellantellern. Mittagspause im Theater. Ich habe Angst, falsch zu essen, falsch zu sitzen, mich zu verraten, dass ich hier gar nicht hin gehöre. »Ah! Frida, dein Vater ist Arzt, das erklärt, warum du so ein helles Köpfchen bist.« Sein Blick wandert fragend zu mir.

Mir ist schlecht, als würde der Lauf einer Pistole auf mich gerichtet werden. »Und was macht dein Vater?« Er drückt ab und die Kugel schlägt zwischen meinen Augen ein.

Ronja Thieme, 1998 in Weilburg geboren, studiert Empirische Kulturwissenschaft (Master) an der Philipps-Universität Marburg. Sie hat das Kinderbuch »Chamäleon« (2022) und das Lehr- und Malbuch »Was, Warum Wohin? Mülltrennen macht Sinn!!!« (2023) veröffentlicht.

Justas Veser

Unter mir

I
Versperr uns das Asbest-,
Absinth-Gebäude; den
Schrank mit Prophylaktika
und Puddingformen:

denn räudige, blutende
Sterne spucken sich entlang
dem Highway Number One,
bei Bukarest und so fort.

Granatapfelkerne zieh uns
aus dem Mund mit deinem
Küchenmesser dort, braue
Aphrodisiaka (Sellerie), Urne

bleicher Flüssigkeiten, Weiß-
wein und so fort. Und
Absperrband, versperr den
breiten Toreingang in

ein schwarz-weißes Gestern.

II
wochenlang diese Clips geschaut,
die sie ab ein Uhr morgens zeigen;
beige und andere Farbfehler, Unreinheiten,
das Archiv ist feucht, voll Victory
Laps, noch einmal, voll Victory
Laps, der Kaiser am Reiten, bräucht
noch den Gartenclip, dein altes
Essigsyndrom, alles färbt sich zu
fleisch, gieße Wasser und Absinth,
gleiten durch die Laschen, klingen nicht
Moll oder Dur: Rauschen: ich haben wochen-

III
tagsüber die Zähne fletschen, das
-fleisch lecken, mein roher, roter
Mund, die brennende Sonne, fast
am Ersticken, deine Wohnung
im letzten Stock: trockene Münder

das ewige Fiepsen der Röhren-
Gameshows von unten, hier nur eine
Kanne Tee, Wandspiegel – hört
der unten uns, riecht der so; im

Maul bluten Gaumenwände

IV
Man sagte mir: Krötenspucke,
Sauerampfer, Falzblume und
Bibergeil, vielleicht auch, ja,
Sildenafil: Kurz, was immer
du unter Autobahnbrücken
findest, wenn du nur lang
genug wartest

V
Harte Arbeitsfläche, der
Granit wiegt.
Manchmal mehr –
die Obstschale, die
überblühten Pfirsiche,
die braunen Granny Smiths
und Tollkirschen:
Mutter fragte einst, daheim,
was isst du daheim, doch
solche Antworten
kann
keine Mutter hören

Manchmal nachts pirsche
ich in die Küche
zu den Marmeladen, zum
Weißwein

VI
du liegst immer wach
auf deinem dampfigen Laken

VII
Mit spitzen Fingern über die Amerikakarte
durch Wälder, durch siffige Vorstadtorte:
ein Fleck, der Wein hängt dir noch im Bart,
der x-te Breitengrad und so fort,
denn in Washington, D. C. wartet

der Garausmacher, das Pflaster ist hart
und wohin gehen die überblühten christlichen Werte

VIII
Blutprobe
sieht nicht gut aus: fast alle Vitamine
am kritischen unteren Rand, völlig
übereisend, kein Wunder,
dass Mundadern

geplatzt sind, dass alle Früchte
das Fleisch aufrissen, dass jede Flüssigkeit
ihren Weg wieder hoch fand,

IX
im höchsten Stock: Kalkringe
am Boden deines Teekochers,
eine Plastiktüte mit Ampfer für
die Suppe später, die mit glatten

Eierfaden, das Gelb sinkt
immer ab, für die Gemüsebasis
haben wir nie Zeit: Kartoffeln,
Möhren, das war's: triefen und

ich soll die Sahne reinschlagen,
dieser Tage wird sie bei dir schlecht
rühre sie im Schatten, den
Holzlöffel beißen und die Suppe

kosten: bis sich vor Dampf die
Polaroids an den Wänden wellen,
schnell, Pfeifen dringt durch die
ganze Wohnung, nimm den

Kessel ab: Blättertee im Netz,
Ampfer in unseren Schüsseln, was
trinken, was essen? die Plage
ist da wie nie zuvor, nie zuvor

X
der unten hat noch einen Betamax-Recorder
ständig dieser triefende, pochende Ton, den
wir überklingen wollen, ständig diese Fliegen,
im Flur surrend, ständig die Panasonic-
Filme im Kopierschutz, ständig Betamax,
ständig Helical Scan, ständig Magnetband,

ständig lange Pause, dann dröhnt's weiter, ständig
totgefrorene Bildzeilen, ständig, ständig der unten

XI
Schließlich
macht der Asbest
einem zu schaffen

ganze Tage schlaff
in deinem Bett gelegen, während

die Sonne brennt und brennt

und die VHS-, die Fleischclips

ziehen sich, praktisch
ohne Ende, wir haben
einen ganzen

Schrank davon und

irgendwo hinten
habe ich das Sildenafil
versteckt wir essen

Granatapfelkerne wir
essen Zitronendrops und
hatten nie etwas

zu trinken
schließlich

war deine Decke
völlig weiß
und wenn alle

unsere Muskel
schmerzten, spät
nachts, ging es
auf fünfzehn Grad runter und ich ich habe

dann immer die Weißweinflasche
Weißweinflasche
sein lassen

vorbei am Bad, zum
harten Granit der Küchen-,
der Arbeitsfläche

unter mir lag Ruhe,

Asche

I
Man muss die eigenen Knochen
fressen, denn alles andere wird
Asche dieser Tage. Ein Brechen

durch die Fläche: Licht am kühlen
Horizont. Lasch hängt ein dünnes
Tuch. In langsamen Bissen, denn

so viel ist nicht da: Man muss die
eigenen Knochen fressen, denn alles
andere wird Asche dieser Tage.

II
Das Mark ist süß, fast ein wenig
überkocht. Was will schon
Schwammiges noch schwammiger
werden:
Nur Fettmark

haben wir hier. Es
schmeckt, doch wie. Links
und rechts fehlt Salz, fehlt
einfallendes Auge

III
Soweit man sieht: Braches
Land. Grauer Himmel. Ich
versinke im Staub. Falls es

wen kümmert: Die Ernte
wäre bald. Wäre schwarzes
Sensenschwingen, wäre Ächzen
und Schwitzen. Hier trocknet der
letzte Brunnen aus. Soweit man
sieht: Braches Land.

IV

Ich habe einen toten Maulwurf gesehen. Zuerst gedacht:
Was ist das, ich habe erkannt, es war Fell. Glattes
schwarzes Fell. Es stach vor der braunen Erde hervor.
Brauchte einen Moment. Musste die kleine Nase sehen,
die Tatzen. Das Licht der Sonne leuchtete hell. Wobei
mein Schatten drüber stand. Er wird wohl Rattengift
gefressen haben. Ist überall ausgestreut. Es lässt die
Zunge grell werden. Habe ihm nicht ins Maul geschaut.
Der Maulwurf war tot. Habe ihn nicht angefasst,

er lag da noch einige Tage. Wer hat ihn gefressen, die
Nachbarskatze ist nicht mehr. Wer hat ihn gefressen.

V

Nebel legt sich. Fieber
in der Kälte steigt. Keine
zehn Meter weit Sicht,

keine Kraft, zehn Meter
zu überwinden. Zelte
anderer zu finden. Der

Weg von Asche bedeckt. Drum
zeigt mir nichts wohin. Augen
schließen: Nebel legt sich.

VI
du musst die alten Formen auf ihre Knochen
freilegen. Blut absaugen, Fleisch puhlen
in kleine Fetzen. dich schließlich kahlen
Köpfen stellen. Bis alles an ihnen, wirklich alles trocken:

dann: sieh, schau wie sie eine Hütte
bilden: aus Stroh, aus Reisig, zerrupften Vogelnestern
drum verstreut Beete von dürren Margariten, Herbstastern
und schließlich fest umgeben von einer Bleikette:

wate durch den Graben voll von seichtem Blut
und schließlich übers weite, arme Feld
nur gebietet dir eines, wirklich eines nur Halt:

du hast die Formen im Hämoglobin: glatt
könntest die Brut an den Wurzeln aus
den Feldern reißen und ziehen in dieses Haus:

VII
Manchmal find ich Knochen unter
dem Staub. Viele Zähne,
selten der Restkiefer. Und

gerne Säulenscheiben. Klaube
sie mir zusammen in der Hand,
den eingefallenen Linien. Zermalmt

und gebrochen. Draußen tritt
man ständig drauf: Machmal
find ich Knochen unter dem Staub.

VIII
Rattengift schmeckt süß
hab's ausprobiert

IX
Sonne scheint auf meinen
Nasenrücken. Zittern hält
sich kaum. Stück noch vom

Arm abdrücken. Fast wäre ich
aus Kieselstein. Ohne Lider
kann ich nicht weit blicken:

die Asche schwimmt
die Iris zu: Sonne scheint
auf meinen Nasenrücken.

X
Nie mehr ein Wort verlieren
im Sand, beim
Domizil: Lasch schwingt mein Arm
an letzten Sehnen.

Herbstastern wie ein

Gewürz dazugelegt – was man
alles frisst

spürt man die eignen Rippen, hab
alle Knöchel meiner linken
Hand zerschmettert außerdem

find ich meinen Kiefer nicht mehr.

XI
Alles andere wird Asche dieser Tage:
Der Weg zwischen dem Staub
ein Labyrinth. Trockne die Augen

am Horizont. Venen pulsieren
blau wie immer. Langsam schau
ich den letzten Blick: Direkt in

die Sonne, was man nicht
so frisst, frisst, frisst: Alles
andere wird Asche dieser Tage.

*Justas Veser (*2002) schreibt in Mainz und Bad Soden. Veröffentlichungen in verschiedenen Anthologien. Seit 2023 Leitung des jungen Literaturkollektivs »sexyunderground« im Literaturhaus Frankfurt.*

lost

wo soll ich hin?

wenn ich mitten in der nacht
schon am ausnüchtern bin
auf der straße stehe, mittendrin
nicht weiß, ob grad rot oder grün ist
nicht weiß, ob du grün oder blau bist
schon längst vergessen hab,
wer ich eigentlich sein soll
die absurde leere genieße
auf der straße, dem kopf
verfalle
und mir vorstelle,
wie es wohl wäre
wenn mich ein auto überfährt

– *Abby*

Muster

Wir liegen zusammen auf dem Rücken, umhüllt von der viel zu warmen Luft des Dachbodens und verfolgen mit unseren Fingern die Muster der Fliegen im Raum. Mehr braucht es nicht, um gut zu sein. Mehr braucht es nicht, um ich zu sein.

– *Abby*

Einsamkeit.
Nasse Locken. Schmuck. Schwarze Spitzenunterwäsche.
Und weiße Socken für die Unschuld.

– Abby

Abby, 2002 in Cottbus geboren, studiert Ergotherapie an der Ernst-Abbe-Hochschule Jena und veröffentlicht in dieser Anthologie unter ihrem Künstlerinnamen.

Lilli Weiskopf

Hier gibt es keinen Sommer

Egal, sagt Kostja lachend, *nachts sind alle Katzen schwarz.* Er spreizt die Finger, hebt die Arme nach oben und streckt sich, gähnt.
Ich finde es trotzdem keine gute Idee, sagt Anouk. Sie zieht so fest an ihrer Zigarette, dass ich Angst habe, sie könnte sie verschlucken. Kostja zuckt mit den Schultern und trinkt den letzten Schluck aus. Einen Moment lang scheint er zu überlegen, ob er die Dose zusammendrücken soll, hält dann aber inne und wirft sie Anouk vor die Füße. Er schaut sie an, hebt die Augenbraue. Dann springen beide auf und rennen zur Dose, gehen wie Tiere aufeinander los, kicken quer über den asphaltierten Parkplatz. Man sieht durch die riesigen Löcher in Kostjas Jeans seine immer verschorften Knie, Waden, Oberschenkel. Mir ist kalt, ich ziehe den Reißverschluss meiner Jacke zu. Anouk springt auf die Dose, tritt sie platt. Kostja rennt auf Anouk zu, packt sie, wirft sie sich über die Schulter und stolziert auf mich zu, bleibt vor mir stehen. Auf seinem Rücken hat Anouk immer noch ihre Zigarette in der Hand.
Na, was geistert dir im Kopf rum, fragt er und lächelt, bis ich es auch tue.
Grau, sage ich. *Die Katzen.*

***

Am Abend treffen wir uns wieder. Anouk ist zu spät, und Kostja und ich vertreiben uns die Zeit, bis sie da ist. Ich höre Anouks Schritte hinter uns, sie ist da, sie legt uns die Arme auf die Schultern, kurz denke ich, sie hält diese Umarmung. Doch sie stößt sich wieder von uns ab, zieht in langsamen Schritten Kreise, setzt sich schließlich auf den Stein, auf dem ich auch sitze, raucht. Ich zittere, ich rutsche näher an Anouk, ich will ihre Wärme.
Kostjas Blick verändert sich, er dreht sich von innen nach

außen und beobachtet uns, sieht uns nicht mehr an. Und natürlich springe ich drauf an. *Gefallen wir dir?*, provoziere ich, ich will provozieren, und lege meinen Kopf auf Anouks Schulter. Sie spielt mit, sagt in ihrer Dummchenstimme *Wir sind nämlich nur für dich hier, Kostja*, und streichelt meinen Arm. Ich mache weiter, *Und was wir gestern Abend gemacht haben, als du nicht dabei warst, das war eigentlich auch nur für dich.* Ich strecke meine Zunge raus und Anouk berührt sie mit ihrer, umkreist sie. Ich schaue Kostja dabei an, er hält meinem Blick nicht lange stand, lächelt sein überhebliches Kostjalächeln und geht.
Ich lache, zu laut, zu triumphierend, werfe meinen Kopf in den Nacken und lege meinen Arm um Anouk. Sie schaut Kostja nach und zieht an ihrer Kippe, *Weißt du, Juli, das wird nicht ewig gehen.*

***

Die anderen waren heute am See, waren schwimmen, haben sie erzählt. Sie haben bestimmt gefroren. Ich stelle mir vor, wie sie sich am Ufer ausziehen und Richtung Wasser staksen, die Steine sind immer kalt und tun unter den Füßen weh. Kostja hält sich die Hände vor seinen Schwanz, Anouk streckt ihre Arme zu den Seiten aus, um sich auszubalancieren wie eine Seiltänzerin. Als sie das Wasser erreichen, beißen sie die Zähne aufeinander und ziehen scharf Luft ein. Kostja ballt die Hände zu Fäusten, an seinen angespannten Armen zeichnen sich die Muskeln ab, auf Anouks gesamten Körper ist Gänsehaut.
Das letzte Mal, als wir gemeinsam hier waren, hat die Sonne geschienen. Wir haben uns Ohrringe gestochen, mit Nadel, Feuerzeug, Wasser und Blut. Ich habe Anouks Schweiß gerochen, gehört, wie ihr Lachen klingt, wenn es sich mit Kostjas vermischt, gesehen, wie sie ihren Kopf in Kostjas Schoß legt und er mit seinen Fingern voll Dreck unter den Nägeln ihre Kehle gestreichelt hat, ganz sanft.
Ich wache neben Anouk auf, ihre Haare bedecken fast das ganze Kopfkissen, ihr Pony hängt fransig im Gesicht. Ich streiche darüber, *darf ich ihn dir mal schneiden?*

Wieso, fragt Anouk, *ich habe doch Scheren zuhause.*

***

Wir treffen uns wieder, abends, auf Asphalt. Diesmal ist Kostja später da, er läuft auf uns zu, er hat nur ein T-Shirt an und lehnt sich an Anouk, er will bestimmt ihre Wärme, sie streichelt über seine Arme.
Wir reden über nichts, und ich sage nette Worte, die auf meinen Lippen bitter schmecken, Kostja kommt näher, schließlich steht er vor meinem Stein. Er tritt im immer gleichen Rhythmus mit der Schuhspitze dagegen, und zwischen den Tritten bemerkt auch er den bitteren Geschmack, und so beginnt es, die Stimmung kippt. Kostja zieht mich vom Stein hoch und redet bedrohlich auf mich ein. Seine Nase berührt beinahe meine, die letzten Male hat er mich dann geküsst, und auch darin konnte ich diese Wut spüren, in seinen Zähnen und Bartstoppeln, in den Fingernägeln, die sich in meinen Nacken und meine Schultern gruben. Kostja kann mich nur zornig lieben, und ich nehme diese Liebe immer mit offenen Armen an, auch jetzt, *Küss mich doch*, ich fordere ihn heraus, bis ich mich endlich umzingelt fühle, und stehe immer noch mit offenen Armen in seiner, in ihrer Mitte, und will schreien
Kommt schon, schubst mich. Schlagt mich. Gebt mir Ohrfeigen, bis meine Wangen brennen und meine Ohren glühen. Rennt mich um, ringt mich nieder, bis ich auf dem Boden liege, tretet mich, prügelt mir die Scheiße aus dem Leib und alle Eingeweide Gedanken Gefühle mit dazu, zerfurcht meine Venen, würgt alle Vergangenheit und Gegenwart und Zukunft aus mir raus, bis ich nur noch warmes Blut auf meiner Haut spüre, und dann wringt mich aus und lasst mich zum Trocknen liegen.

***

Anouk steht am Ende des Parkplatzes, raucht und schaut mich an. Kostja ist weg, aber er wird wiederkommen, so war es schon immer.

Katzen laufen über die Straße, legen sich auf den kalten Asphalt. Sie müssen bestimmt frieren.

Lilli Weiskopf, 2000 in Bad Soden geboren, studiert Cultural Data Studies an der Philipps-Universität Marburg. Sie ist zum zweiten Mal Preisträgerin beim Jungen Literaturforum Hessen und war bereits vier Mal Preisträgerin beim OVAG-Jugend-Literaturpreis.

Leon Zechmann

Bist du da?

Die Schlüssel passen nicht. Ich muss an der Tür zum Boden schlittern. Nimm mich auf und trag mich hoch, übernimm Verantwortung dafür, dass ich in meiner Kindheit zu wenig umarmt wurde. 24. Stock und der Regen hört nicht auf. Ich sitze zwischen festem Beton und Fußabtreter, und ich weiß nicht, in welche Richtung meine Beine erschlaffen wollen. Ich habe nämlich gelogen, oder mir zumindest etwas Missverständliches gewünscht, denn in Wirklichkeit trägt mich niemand nach Hause. Ich sitze hier, in meiner eigenen Fahne, und alle dazugehörigen Farben vermischen sich zu einem ganzen, grellen Weiß. Mir ist übel, schon die ganze Zeit, deswegen wollte ich den Aufzug nicht nehmen, dort werde ich seekrank, nein, ich bin hochgelaufen. Jetzt muss ich weitergehen, aber zu probieren, die Wohnung drei Stockwerke unter meiner mit meinem eigenen Schlüssel zu öffnen, war den Versuch wohl wert gewesen. In eben dieser Wohnung, an deren Tür ich gerade entlang gekratzt bin, geht das Licht an, und ich rolle mich zur Seite. Mein Magen schreit nach Hilfe. Ein Stich durchfährt mein Herz oder meine Lunge, was auch immer gerade besser passt. Die Aufregung beißt mir in den Nacken. Die Tür geht nicht ganz auf, aber durch den Spalt dringt eine fahle Stimme. »Bist du da?«, fragt jemand. Ich bin betrunken vor Schuld. Ich stürme ins Treppenhaus, lasse mich im Fallen gegen die Wand schlittern. Ich war nicht da, es tut mir leid. Ich war nicht der, den du erwartet hast. Ich bin nicht der Empfänger deiner Nachricht, die um 2:48 Uhr einen Empfänger gebraucht hätte. Ich hatte den Moment zerstört, im 24. Stock, und die gesamte Höhenlage wird sich nie wieder davon erholen. Es war ein Moment für eine Zeitenwende; bist du da? Ich wünschte, ich wäre es gewesen. Ich wünschte, ich hätte Ja sagen können. Ich will schreien, aber ich stecke mir die Faust in den Mund. Ich nuckele an meinen Fingerkuppen, und sie schmecken nach Salz. Das nächste Mal bin ich da, vertrau mir, versprochen. Es war nur ein dummer Scherz, ich will dich nicht enttäuschen. Ich haue einmal mit der Faust in den Beton. Morgen Früh muss ich gucken, ob ich mir dabei etwas gebrochen habe. Ich krieche wie ein Monster zum Treppenansatz und grabe mich nach oben. Wie ein Käfer, mit dem Oberkörper nach unten. Ob das effektiv ist, weiß ich noch nicht, aber ich melde mich deswegen noch. Vermutlich ist die Antwort eher ein Nein, weil jemand vom 24. Stock aus ins Treppenhaus kommt, und ich das nicht nur höre, sondern flüchtig auch sehe. Ich hüpfe über die letzten zwei Stufen und halte die Klappe. Die Person ist am Telefon. »Ich glaube, er ist ins Treppenhaus«. Fußstapfen, nach unten hallend. Ich begutachte jetzt doch meine Faust. Keinen Zentimeter bewege ich mich von der Stelle. Ich lehne mit dem Rücken am Geländer und halte die Luft an. Das geht nicht lange so, aber es geht gut. Denn Profitaucher wird niemand mehr, um 2:51 Uhr im 25. Stock. Durch die Tür, im Hausflur, höre ich sie noch zurückstapfen, und ich versuche, sie zu sehen, aber es gelingt mir nicht. Dumpf kommt ein »Ich weiß nicht, was ich noch mit ihm machen soll«, und plötzlich will ich doch nicht mehr er sein, der erwartet wird. Ich wünsche mir lieber, dass er wirklich hier ist. Ich stehe auf und gehe wie ein zivilisierter Mensch geradewegs nach Hause. Ich sperre die Tür auf, und mich hat niemand hierhergetragen, eine weitere Nacht, in der ich kompensiert habe, dass mich niemand (in meiner Kindheit umarmt hat). Ich falle ins Bett und ich scrolle durch mein Handy und ich bete zum ersten Mal seit ein paar Monaten und ich stehe auf und ich gehe Zähneputzen und ich trinke Wasser gegen den Kater und ehe ich die Jalousien schließen kann, blicke ich auf die offene Welt und die offene Welt blickt auf mich zurück. In dicken Lettern steht über den hohen Gebäuden geschrieben: »Bist du da?« Und dann muss ich mich übergeben. Ich renne zur Toilette. Es kommt so viel, dass ich nicht weiß, ob meine Tränen brennen, weil ich mich leere, oder weil ich jetzt doch ersticke. Hatte ich seit dem Treppenhaus überhaupt geatmet? Oder hatte ich davor schon damit aufgehört? Es steigt in mir hoch, und ich weiß nicht genau, was. Meine Finger suchen meinen Brustkorb,